LES TRIBULATIONS
D'ARISTIDE

CLAUDE MICHELET

Claude Michelet est né en 1938, à Brive-la-Gaillarde, en Corrèze. En 1945, la famille vient s'installer à Paris pour suivre son père, Edmond Michelet, nommé ministre des Armées dans le gouvernement du général de Gaulle. S'étant destiné dès 14 ans au métier d'agriculteur, Claude Michelet s'installe dans une ferme en Corrèze, après avoir effectué son service militaire en Algérie. Éleveur le jour, il écrit la nuit. Il publie en 1965 un premier roman, *La terre qui demeure*, suivi de *La grande Muraille* et d'*Une fois sept*. Parallèlement, il collabore à *Agri-Sept*, hebdomadaire agricole. En 1975, *J'ai choisi la terre*, son plaidoyer en faveur du métier d'agriculteur, est un succès. La consécration a lieu avec le premier volume de la tétralogie retraçant l'histoire de la famille Vialhe, *Des grives aux loups*, qui fait l'objet d'une adaptation télévisuelle. Comme en témoignent ses romans ultérieurs, son goût pour la vie paysanne, qu'elle ait ses racines en France ou au Chili (*Les promesses du ciel et de la terre*, 1985-1988), est pour lui une source d'inspiration romanesque sans cesse renouvelée.

Comptant parmi les fondateurs de l'école de Brive qui a réuni plusieurs écrivains autour d'un amour commun pour le terroir, et aujourd'hui membre créateur de la NEB (Nouvelle école de Brive http://www.quidneb.com), Claude Michelet est aussi l'auteur du livre le plus lu dans le monde rural, *Histoires des paysans de France* (1996).

CLAUDE MICHELET

LES TRIBULATIONS D'ARISTIDE

NiL

Le papier de cet ouvrage est composé de fibres naturelles, renouvelables, recyclables et fabriquées à partir de bois provenant de forêts plantées et cultivées durablement pour la fabrication du papier.

© NiL éditions, Paris, 2006.

ISBN : 978-2-266-17669-9

Les chanceux sont ceux qui arrivent à tout...
Les malchanceux sont ceux à qui tout arrive.

Eugène LABICHE

1.

« Si leur ramassage n'était pas interdit – mais qu'est-ce qui n'est pas interdit de nos jours ? – il ferait un temps à chercher les escargots, pensa l'homme en regardant la pluie qui frappait avec violence la fenêtre située derrière sa persécutrice.

« Mais évidemment, avec la malchance qui me poursuit depuis ma naissance, il a fallu que cette virago me convoque aujourd'hui ! De toute façon, si cette imbécile qui se gargarise de mots – car elle adore s'écouter parler, c'est évident ! – oui, si elle me lâche avant midi j'aurai quand même le temps de faire un saut jusqu'à la forêt de Rambouillet ; je suis sûr qu'elle regorge de champignons. Depuis qu'il tombe cette pluie, encore tiède pour la saison, je suis persuadé que les lactaires et les russules pullulent, et les girolles aussi !

« Mais au lieu de m'oxygéner et de me ramener de quoi me confectionner quelques solides ome-lettes, je suis là à feindre d'écouter les remon-trances de cette vilaine garce ! Car avec la gueule qu'elle a, c'est sûrement une garce, une chamelle ! Je ne jurerais pas qu'elle ait jamais réussi à mettre un homme dans son lit ; mais si c'est le cas, le pauvre bougre n'a pas dû y faire la grasse matinée, pressé d'aller se réchauffer ailleurs ! Elle doit être aussi impossible à dégeler qu'un congélateur en marche et elle me fout vraiment la trouille ! Elle a des yeux à vous expédier à la guillotine... »

— Vous m'écoutez au moins ? lança sèchement la femme.

— Mais oui madame le juge, assura l'homme d'un ton qui démentait son acquiescement.

— Je vous ai déjà dit qu'on disait Mme LA juge !

— Bien sûr, bien sûr, quoique du point de vue grammatical ce soit on ne peut plus douteux..., dit-il en contemplant à nouveau le ruissellement de la pluie sur les carreaux.

— Alors puisque vous m'écoutez vous comprendrez donc qu'avec les charges qui pèsent sur vous...

— Non, les soupçons, de simples soupçons infondés, coupa-t-il.

— Je dis bien les charges et je sais ce que je dis ! Vu les charges donc, je ne peux faire moins que de préparer votre mise en examen ; elle devrait être effective sous peu. Je vous incite donc à trouver un avocat. Vous avez jusque-là négligé d'en prendre un, je ne saurais trop vous conseiller de pallier au plus vite cette carence.

— J'essaierai d'y penser.

— Bien. Dès que j'aurai réuni les ultimes

détails qui me manquent, je demanderai votre mise en examen, répéta la magistrate d'un ton rogue. Et estimez-vous heureux si, le moment venu, je n'exige pas une détention préventive... Franchement, vous eussiez gagné à réfléchir avant de vous lancer dans cette... comment dire... cette gravissime vendetta ! Voilà, vendetta !

« Pauvre andouille, si tu savais ! pensa-t-il en souriant, ma vendetta, comme tu dis, je la mène depuis que j'étais à la maternelle, ou presque, et ce n'est pas un vilain boudin comme toi qui m'empêchera de la poursuivre, si j'en ai envie ! »

— Ça vous amuse ce que je dis ?

— Mais non, je pensais à autre chose...

— Eh bien vous feriez mieux de penser à ce que je vous dis ! Allez, notre entretien est fini pour aujourd'hui ; mais n'oubliez pas d'être à ma disposition à la moindre convocation, c'est une des obligations inhérentes à votre liberté, toute provisoire je l'espère. Pour l'instant, vous êtes encore libre, monsieur Clope !

— Non, madame le juge, pas Clope mais Klobe, avec un K comme Kunzéi Clavéria, c'est un champignon, et un B, comme bolet blafard, autre champignon pas plus comestible que le précédent si on le mange cru. Notez que...

— Ça suffit ! Avec ce qui vous attend lors du procès, je vous dispense de vos oiseuses élucubrations sur la cryptogamie, elles sont plus que douteuses !

— Il n'empêche ! Je m'appelle Klobe, Aristide

Klobe, ce n'est quand même pas très difficile, madame le juge !

— Sortez ! Et croyez-moi, à très bientôt !

— Non, pas très compliqué, insista-t-il en se levant.

Il haussa les épaules, soupira et sortit du bureau.

***

« Naturellement, avec cette pluie qui redouble, pas le moindre taxi en vue », constata-t-il en sortant du tribunal.

Ne sachant où le stationner et conscient de sa malchance permanente, donc certain qu'on le lui volerait au nez et à la barbe des gardiens de la paix, il n'avait pas voulu emprunter son petit scooter ; un vieux et poussif engin qui atteignait à grand-peine et en descente les soixante-dix kilomètres à l'heure. Il était donc venu au tribunal en métro ; un long périple depuis Châtillon-Montrouge, treize stations avec changement à Montparnasse et ses interminables couloirs.

« Enfin, j'aurai quand même le temps de faire un saut jusqu'à Rambouillet », calcula-t-il en relevant le col de sa gabardine et en courant vers la plus proche station.

Bien entendu, vu l'heure, onze heures quarante-cinq, et le jour, vendredi 18 octobre 2002, le métro était bondé. C'est en ahanant qu'il se glissa dans le wagon et à coups de coude qu'il parvint à s'installer contre la porte opposée à celle de la sortie.

« Tous les gens entassés là doivent être en

congé, ils profitent de la RTT, mais alors, pourquoi diable cette dinde de jugesse – tiens, il faudra que je lui envoie ça dans les gencives la prochaine fois ! – pourquoi cette dinde m'a-t-elle convoqué aujourd'hui ? Pouvait pas, elle aussi, prendre ses congés et me foutre la paix ! Et puis je t'en ficherais moi d'écorcher mon nom ! Je suis sûr qu'elle le fait exprès, pour m'humilier ! Je lui ai répété dix fois que je m'appelle Aristide Klobe ! C'est pas très compliqué ! Et pourtant si, ça l'est, s'avoua-t-il, ça l'est et ça fait bientôt cinquante ans que je le constate ! Mon nom et mon prénom me collent à la peau et me tiennent à la gorge, autant que cette déveine qui me poursuit ! »

Aristide Klobe avait depuis longtemps décidé de ne plus recenser le nombre de fois où, par mégarde, par amusement, par méchanceté aussi, beaucoup de personnes l'avaient affublé d'un nom qui n'était pas le sien.

Cela avait commencé dès son entrée en neuvième, en 1961. Par malchance – déjà elle –, celle qui, depuis sa naissance, était son ombre inséparable, par malchance donc, il s'était vu placé par la maîtresse juste devant la chaire où. elle plastronnait. Bien que pas du tout au fait des canons de la beauté féminine, à son âge c'eût été d'une rare précocité, il avait quand même estimé que les genoux de la maîtresse étaient laids, ossus, et bossués. Quant à ses mollets, il les avait jugés trop gros, peu agréables à regarder car trop poilus.

— Et toi, mon petit, quel est ton nom ? lui avait

demandé la maîtresse en le désignant du bout de sa règle.

Pour Aristide et sans doute pour ses compagnons, Mlle Dumond était une vieille femme car elle avait au moins vingt-cinq ans, des lunettes, un chignon et une sévère robe bleue.

Aristide l'avait très vite détestée car, croyant avoir mal compris sa réponse et tout en compulsant la liste des élèves, Mlle Dumond avait lancé :

— Tu t'appelles Aristide Craube, c'est ça ?

— Non ! Ze m'appelle pas Craube, avait-il zézayé car, à en croire sa grand-mère paternelle outre son prénom il avait hérité du même défaut de prononciation qu'un de ses ancêtres. Ze m'appelle Aristide Klobe ! Klobe !

Et il avait failli se mettre à sangloter car dans son dos, un de ses camarades, le dénommé Pierre Legrand qui, hélas, avait près d'une tête de plus que lui, ce qui le mettait à l'abri des représailles, avait scandé :

— Il s'appelle Crotte ! Il s'appelle Crotte, nananère, il s'appelle Crotte !

Toute la classe avait hurlé de rire et c'est alors qu'il avait décelé avec une certitude absolue l'éclair d'un amusement dans les yeux bleus de la maîtresse. Son antipathie envers elle s'était aussitôt muée en une haine de la plus belle eau.

« Un jour je la tuerai ! » s'était-il promis.

Mais il n'avait que huit ans et aucune expérience en matière de criminologie ; ignorance qu'il tenterait de combler au fil des ans mais pas avec bonheur, comme venait de le prouver son entrevue avec la harpie qui représentait la justice.

Ce jour-là, Mlle Dumond avait vite repris sa classe en main.

— Faites silence ! avait-elle tonné. J'ai dit silence ! Et toi Pierre, ce n'est pas gentil du tout ce que tu viens de dire, il ne faut pas se moquer du nom de ton camarade, tu mériterais que je te punisse...

Mais Aristide avait bien noté qu'une fois encore le regard de la maîtresse pétillait de gaieté.

— Quant à toi, avait-elle poursuivi, je t'appellerai Aristide, ça suffira, Aristide tout court, d'accord ?

Toucourt ! Le surnom l'avait suivi pendant toutes ses années d'école. Aristide Toucourt ! Ça avait l'air de quoi ! Il était vrai qu'Aristide Klobe ne valait guère mieux. Alors il avait refoulé ses larmes et acquiescé. Va pour Aristide tout court, quant à Klobe...

*
* *

« Il faut bien reconnaître que c'est un nom étrange, s'avoua-t-il en essayant de reculer pour échapper à l'haleine fétide de l'homme collé contre lui car pressé par la foule.

« Et voilà ! C'est toujours sur moi que ça tombe, ce type pue comme une bouche d'égout et il a fallu qu'il se glisse ici, pour m'expédier ses miasmes dans le nez, pensa Aristide en détournant le visage. Oui, Klobe, c'est étrange mais facile à expliquer pourtant ! Et ça pourrait même prêter à rire si les gens en connaissaient l'origine. »

Faute d'avoir pu la demander à son père, décédé le jour du treizième anniversaire de son fils unique – le pauvre homme s'était fait écraser par une ambulance et était mort avant même que les infirmiers ne le ramassent ! –, Aristide tenait l'explication de sa grand-mère qui l'avait elle-même apprise de la bouche de son aïeule. Dans le fond, tout était très simple, voire drôle pour peu que l'on cultivât une once d'humour.

— Oui, très simple, lui avait-elle expliqué lorsque, âgé d'une quinzaine d'années, il lui avait demandé pourquoi le ciel l'avait affublé d'un nom aussi farfelu.

— Ce n'est pas le ciel, c'est une erreur ! avait dit la vieille dame, il faut que tu saches, mon petit, que nos ancêtres n'étaient pas d'ici, je veux dire du Loiret...

Né dans un hameau, sis à quelques kilomètres de Lamotte-Beuvron, Aristide avait ainsi appris que le berceau de sa famille paternelle était situé en Normandie, dans un village proche de Saint-Lô, en cette région où, souvent, de simples prénoms font office de nom.

— Donc, avait poursuivi sa grand-mère, ton aïeul Aristide – c'est le prénom de tous les aînés de la famille et ton malheureux père n'a pas failli à la tradition en te le donnant – cet Aristide est arrivé ici avec sa jeune femme. Ils avaient déjà six ans de mariage et désespéraient paraît-il d'avoir un jour un héritier. Courageux et travailleurs, ils ont trouvé à se placer au château de la Tuilerie. Lui comme garde-chasse et garde-pêche – oui il se disait qu'il avait d'abord été un fameux braconnier, ce qui explique son nouveau métier... – et elle comme bonne à tout faire. Tout aurait pu bien aller pour eux si, d'année en année, l'absence de descendants leur pesait de plus en plus. Jusqu'au jour où ton ancêtre Joséphine réalisa qu'elle était enfin enceinte. Elle avait alors trente-huit ans, ce qui était âgé pour l'époque ; quant à lui il marchait vers la cinquantaine. Bref, tu imagines leur joie lorsqu'ils furent certains que l'heureux événement, tant attendu, allait enfin se concrétiser. Il paraît que la naissance de celui qui fut mon grand-père fut très pénible et très longue ; ce qui explique sans doute pourquoi le futur père, pour veiller et ne pas céder au sommeil, vida force cruchons de vin et nombre de verres de goutte... Il paraît aussi qu'il était atteint d'un rhume tenace qui lui embarrassait les sinus et qu'il avait donc bien besoin de remontants. Aussi, quand le nouvel Aristide vit enfin le jour dans cette maison que les futurs parents avaient pu acheter après des années d'économie – maison qui sera un jour à toi – ton ancêtre était, sinon ivre, du moins très louvoyant. Mais il était tellement heureux et fier, tellement pressé de faire savoir à tous les voisins qu'il était enfin papa, qu'il partit en zigzaguant en direction de la mairie pour déclarer la naissance. Sur le chemin, il rencontra deux amis à qui, bien sûr, il offrit quelques solides tournées. Puis comme à cette époque il fallait se présenter à l'état civil avec deux témoins qui certifiaient la naissance, les trois hommes arrivèrent en titubant devant celui qui tenait les registres. La malchance voulut, oui, je dis bien la malchance, celle qui est notre lot à tous dans la famille, la malchance a voulu que le maire soit absent et que le secrétaire de mairie fût un jeune instituteur. Il venait juste d'être nommé, arrivait tout droit d'Orléans, ne connaissait pas encore les habitants du bourg ni, à plus forte raison, leur nom. Si tu ajoutes à cela que, non content de parler du nez, à cause de son rhume et de zézayer – comme toi quand tu étais petit –, d'avoir une élocution hésitante due à l'excès de boisson, mon grand-père avait gardé son accent normand et beaucoup de mots du même patois, tu comprendras l'origine de notre nom.

— Ze... ze viens déglarer mon gars, énonça-t-il, un beau gars zur de zur qu'il fait pas loin de ses huit livres, un zoli lieuvre quoi...

— Quel est votre nom et celui de votre épouse ?

— Boi ? Ze m'abelle Arisdide Glaude et ba fabe Josèpide Bartin...

— Bon, nous disons donc Aristide Klobe et Joséphine Bartin...

— Don ! Don ! Don de Dieu ! Glaude et...

— J'ai compris, j'ai compris, dit le jeune secrétaire en calligraphiant les noms, et votre fils, quel prénom ?

— Arisdide !

— Pas le vôtre, celui de votre fils !

— Z'est bareil.

— Bon. Alors votre fils c'est donc Aristide Klobe.

— Don ! don ! Ba Klobe bais Glaude ! Ze dis Arisdide Glaude !

— Mais oui, ça va, j'ai bien noté, inutile de s'exciter et toutes mes félicitations monsieur Klobe. Tenez, signez tous là, dit le secrétaire de mairie après avoir noté les noms, prénoms et professions des témoins.

» Ton ancêtre signa d'une croix, et d'Aristide Claude qu'il aurait dû s'appeler, le nourrisson et plus tard ses descendants, dont toi, se virent affublés du nom de Klobe. Tout cela parce que son père ne savait ni lire ni écrire et que son cerveau, déjà embrumé par un solide rhume, l'était tout autant, sinon plus, par une nuit de veille et un bonheur trop bien arrosé ! Voilà mon petit, tu devrais t'appeler Claude. À quoi tient un nom tout de même !

« Ben oui, mais c'est pas Claude, c'est Klobe, pensa Aristide en tentant une fois de plus d'échapper à l'haleine puante de son voisin, c'est Klobe mon nom et tout le monde s'emploie à le déformer ! Quant à cet abruti qui empeste plus qu'un bouc, s'il ne descend pas à la prochaine, sûr que je lui écrase les pieds. Ça lui apprendra ! D'ailleurs il a une tête à écorcher mon nom, lui aussi, alors pas de pitié ! »

Il n'en avait jamais pour ceux qu'il classait parmi ses ennemis dès qu'ils avaient mal prononcé son nom. Pas de pitié non plus pour les imprudents qui, après avoir estropié son patronyme, lui cherchaient noise ou même, plus simplement, ne se comportaient pas avec lui comme il estimait qu'ils l'eussent dû.

Cette susceptibilité exacerbée l'avait, sa vie durant, mis dans des situations infernales, sans compter le nombre de horions qu'elle lui avait attirés. Pour compliquer son existence s'ajoutait, comme une malédiction, cette malchance permanente qui était le lot de la famille Klobe. Famille étant d'ailleurs une façon de parler puisqu'il en était le dernier représentant, l'unique et sans doute ultime porteur du nom car, vu son âge et son célibat, il était bien peu probable qu'il le transmît un jour.

« Et c'est très bien ainsi, se répétait-il souvent, après toutes les calamités et les catastrophes qui me sont tombées sur la tête, et celles qui m'attendent, il faudrait être sadique pour fabriquer un petit Klobe qui, en plus du nom, serait chargé de la scoumoune héréditaire ! »

Car, à en croire sa mère – décédée quelque vingt ans plus tôt – Aristide avait eu beaucoup de difficultés pour venir au monde. Outre qu'il s'était présenté par le siège et totalement entortillé, cou compris, par un cordon ombilical d'une longueur peu commune, il était énorme : dix livres ! C'est peu dire que sa mère et la sage-femme avaient lutté pendant des heures pour l'aider à voir le jour.

Une fois là, au lieu de se mettre à brailler comme tout nouveau-né normal, il avait boudé pendant de longues minutes, respirant à peine. Seule une première et mémorable fessée l'avait incité à ne pas faire sa mauvaise tête plus longtemps.

Il avait ensuite, au fil des mois et des ans, contracté toutes les maladies infantiles connues, y compris celles que l'on pensait éradiquées depuis longtemps, comme la croûte de lait et le croup. Pour faire bonne mesure, il s'était aussi cassé un bras à l'âge de huit ans et la jambe gauche à treize ans. Quant à la droite, il se l'était brisée à la veille du baccalauréat ; examen auquel il n'avait pu se présenter l'année suivante car hospitalisé pour une fièvre typhoïde gravissime : « Celle dont on meurt ou dont on reste fou... Je vous laisse juge ! » disait-il lorsqu'il l'évoquait.

Il avait donc obtenu son bac avec retard, ce qui ne l'avait pas empêché d'attaquer ensuite des études de lettres. Celles-ci avaient été interrompues sans rémission car, sans qu'il ait jamais su ni compris pourquoi son sursis lui avait été supprimé.

Il eût pu, comme tant d'autres, se voir affecté non loin de chez lui dans quelque caserne de la région parisienne. Mais, toujours poursuivi par la malchance, il avait été incorporé dans une garnison de l'Est, dans un régiment disciplinaire que commandait un colonel complètement psychopathe car gravement blessé à la tête tant en Indochine, vingt ans plus tôt, que dans les Aurès en 1957.

Tout s'était très mal passé pour le deuxième

classe Aristide Klobe car, après s'être mis à dos tous les sous-officiers et officiers en les reprenant vertement à cause de son nom – ils l'avaient systématiquement affublé de Knoch, de Block, de Crosse et même de Cloche ! –, il était devenu la bête noire du colonel. Il est vrai qu'il avait fait preuve d'un mauvais esprit on ne peut plus condamnable en arguant qu'il était pacifiste – ce qui était pur mensonge – et qu'il refusait de faire semblant d'être en guerre et de se battre – à blanc, mais se battre quand même – contre les invraisemblables adversaires que haïssait le chef de corps, un étrange mélange germano-sino-viéto-fellagha qui, paraît-il, menaçait la patrie !

— Vous savez Cloque, j'en ai maté d'autres et de plus vicieux que vous ! lui avait lancé le colonel devant le front des troupes.

— Pas Cloque, mais Klobe, deuxième classe Klobe ! mon capitaine, avait protesté Aristide en minorant volontairement le grade de l'officier supérieur.

Et comme si cet impardonnable outrage n'avait pas suffi et qu'il avait osé parler sans qu'on l'y autorise, il s'était vu infliger quinze jours de prison avec corvée de poubelles et de chiottes à l'appui.

Ce n'était qu'un début car, au fil des mois, il avait battu tous les records en matière de permissions supprimées, de tours de garde supplémentaires, de brimades en tous genres et de jours de salle de police. Ainsi s'étaient accrus au plus profond de lui son désir de vengeance, ses envies d'assassinats, ces mêmes sentiments meurtriers jadis nés en classe de neuvième, à cause du sourire à peine masqué de Mlle Dumond.

* * *

À l'époque, il n'avait su que faire pour se venger. Tout au plus, très sottement, avait-il tenté, mais en vain, de blesser la maîtresse dans sa partie la plus charnue en posant jour après jour sur sa chaise des punaises pointes en l'air. Peine perdue, Mlle Dumond avait l'œil et ne s'était jamais assise sans avoir méticuleusement récupéré les instruments du châtiment.

La seule fois où il avait failli réussir une attaque avait tourné à la catastrophe. Il avait remarqué que Mlle Dumond aimait surveiller le travail de ses élèves en arpentant lentement, mains dans le dos, les allées qui séparaient les pupitres. Venait donc le moment où elle tournait le dos à une partie des enfants. Profitant de ce fait, il avait cru malin un jour de vouloir expédier une importante giclée d'encre sur le chemisier blanc de la maîtresse.

Manque de chance, il avait raté la cible et couvert les mains de la jeune femme d'une multitude de gouttelettes bleues. Pris sur le fait, car stylo toujours en main, il avait d'abord reçu une magistrale paire de claques, s'était ensuite fait envoyer chez le directeur pour écoper, en finale, de neuf heures de colle trois jeudis de suite !

Car c'était encore là un de ses problèmes, les représailles qu'il concoctait et ruminait parfois pendant des années tournaient toujours à son désavantage. Ainsi, pendant son service militaire, bien décidé à faire payer au prix fort à un sergent-chef toutes les brimades que celui-ci inventait à son intention, avait-il monté contre lui une véritable embuscade. Parce qu'il était presque chaque jour de corvée de balayage au mess des sous-officiers, il connaissait l'emplacement de la chambre de son bourreau. Celui-ci était un vrai sadique, ravi d'infliger tous les affronts et toutes les humiliations aux malheureux qu'il prenait en grippe. Fort de ses vingt-deux ans d'armée, de ses diverses campagnes – Indochine et Algérie –, de sa brochette de décorations et d'une cirrhose du foie bien avancée qu'il entretenait au pastis – jamais moins de cinq avant chaque repas et moult canettes de bière dans la journée –, il mettait son point d'honneur à briser les fortes têtes, ou présumées telles. Aristide étant de celles-là avait donc droit à toutes ses attentions.

Parce que la chambre de ce barbare était la dernière au fond du couloir, il était logique de penser que seul son occupant tomberait dans le piège ; un guet-apens facile à réaliser et qui assurait l'impunité à son auteur puisque les dix-huit autres sous-officiers qui logeaient là pouvaient tous être considérés comme d'éventuels coupables.

Misant sans risque de se tromper sur l'ébriété plus ou moins avancée mais chaque soir atteinte dans laquelle flottait le sergent-chef lorsqu'il regagnait son lit, Aristide avait discrètement fixé une des extrémités dénudée d'un fil électrique sur la poignée de porte de sa future victime et disposé l'autre bout sur le palier préalablement bien mouillé.

Presque invisible, car le fil courait le long des plinthes, le vicieux montage ne risquait pas d'être découvert par le sous-officier ; l'état dans lequel il se trouvait chaque soir lui enlevait tout sens de l'observation. Aussi, dès qu'il empoignerait le pêne, le sergent-chef établirait le contact et recevrait une solide décharge de deux cent vingt volts.

« Avec ça, même s'il n'en crève pas – ce serait trop beau – ce salopard va prendre la châtaigne de sa vie ! » avait pensé Aristide en s'accroupissant pour brancher son piège à une prise toute proche.

C'est en se relevant que ses pieds avaient dérapé sur le carrelage qu'il venait d'arroser et que, pour éviter la chute, il avait posé la main sur la poignée métallique...

D'abord tétanisé par la violence de la décharge, il avait ensuite glissé, dos contre le mur et il était en train d'essayer de reprendre ses esprits et sa respiration, lorsqu'il avait distingué une silhouette sortant d'une des chambres, celle d'un adjudant, une autre peau de vache dont il comptait bien se venger un jour.

— Et alors, Clope ! Qu'est-ce que vous foutez assis ? Ma parole, vous roupillez au lieu de balayer !

— Klobe, sergent, pas Clope ! avait balbutié Aristide en se relevant avec peine et en récupérant discrètement le fil.

— Veux pas le savoir ! Je viens de vous

prendre à tirer au cul alors je vous mets un motif de plus, huit jours, avec demande d'augmentation à l'échelon supérieur pour vous apprendre à connaître mon grade !

« Et ce fut à chaque fois la même chose, pensa Aristide, ça m'est toujours retombé dessus, toujours... »

Puis il constata avec plaisir que son puant voisin allait descendre à la prochaine station. Par malchance il fut remplacé par une matrone qui, si elle ne sentait pas le bouc, empestait le parfum de supermarché et dont les opulentes mamelles le coincèrent sans pitié contre la banquette.

Il était à deux doigts de suffoquer lorsque le métro atteignit enfin Châtillon-Montrouge. Parce qu'il pleuvait toujours à seaux, que le ciel, de plus en plus sombre, annonçait un après-midi encore plus humide que le matin, il abandonna l'idée d'aller s'aérer en forêt de Rambouillet et chaussa ses pantoufles dès qu'il fut chez lui.

Cela fait, il fit réchauffer une pizza et une portion de saumon surgelé dans son micro-ondes, s'octroya un doigt de whisky et, tout en picorant dans les barquettes ouvrit les pages jaunes de l'annuaire. Pour carne qu'elle soit, la jugesse lui avait quand même donné un bon conseil. Il lui fallait un avocat, un défenseur qui, peut-être, lui éviterait quelques mois de préventive, à la Santé ou ailleurs mais de toute façon derrière les barreaux !

2.

Vu l'état de ses finances – il avait de quoi vivre sans trop de problèmes mais était loin de pouvoir s'offrir des extras et, à plus forte raison, un maître du barreau – Aristide décida de chercher un avocat qui serait plus intéressé par le cas qu'il accepterait de défendre que par la somme que ce travail lui rapporterait. Tout en se doutant qu'il était quasiment impossible de trouver un tel oiseau rare, il commença à feuilleter l'annuaire.

Avec un peu d'audace, il aurait pu essayer d'arguer d'une insolvabilité passagère et demander qu'on lui octroyât un avocat d'office. Mais il estima que le mensonge était trop gros et que la magistrate aurait tôt fait de l'éventer ; un coup d'œil sur sa déclaration d'impôts suffirait à prouver qu'il pouvait payer un défenseur pour peu que celui-ci pratique des tarifs abordables.

« Abordables ! Plus facile à espérer qu'à trouver », pensa-t-il en parcourant la longue liste des avocats de Paris.

Soudain, ses yeux s'arrêtèrent sur un nom qui lui parut tellement baroque et difficile à porter qu'il ressentit d'emblée une immense sympathie pour son propriétaire ; avec le nom dont il était affublé il ne pouvait être que solidaire d'un Klobe !

« Pas possible ! Il sort d'où ? Du fin fond de la Pologne ou de la Biélorussie ! Vrai, il est encore moins gâté que moi, estima-t-il en lisant à haute voix : Me A. Krazarutika, 2 rue du Bois-Noir à Aubervilliers. Krazarutika ! Eh bien s'il est surpris par mon nom c'est la fin du monde ! Ce pauvre bougre a dû en entendre de belles, lui aussi ! Du genre agricole comme Krazarustica ou géographique comme Krazarutitikaka ! L'ennui c'est qu'il habite à l'opposé d'ici, quelle trotte ! Enfin, je peux toujours essayer », décida-t-il en composant le numéro de téléphone.

Il détestait les répondeurs et faillit raccrocher lorsqu'il comprit que celui de l'avocat venait de se déclencher mais il fut retenu, in extremis, par le timbre de la voix, une agréable voix de femme, sans doute une secrétaire.

— Bonjour. Ici l'Étude de Me Krazarutika. Me Krazarutika est momentanément absente mais vous pouvez laisser un message après le bip sonore. Surtout n'hésitez pas, merci.

« Elle a bien dit : absente ? Allons bon, c'est une femme, pensa-t-il, mais après tout pourquoi pas, si elle est aussi belliqueuse que ma jugesse ça pourrait être drôle ! »

— Je rappellerai plus tard, assura-t-il et il raccrocha.

Ce fut vers quinze heures, après une de ces
petites siestes dont il appréciait de plus en plus la
pratique, qu'il refit le numéro de Me Krazarutika.

— Oui, oui ? dit une voix qui n'était pas celle
du répondeur mais qui n'en était pas moins très
agréable, chaude et jeune.

— Je m'appelle Aristide Klobe et vous téléphone car j'aurais éventuellement une affaire à
vous exposer.

— Oui, oui..., redit la voix.

— Il faudrait que nous nous voyions pour que
je puisse vous parler de mon problème...

— Oui, oui...

« Pas très loquace pour une avocate », pensa-
t-il avant de poursuivre :

— Puis-je venir... disons... lundi après-midi ?

— Oui, oui...

— À quelle heure ?

— Quinze, quinze...

— Quinze heures quinze à votre bureau, c'est
ça ?

— Oui, oui...

— D'accord, lundi quinze heures quinze. Bon
week-end, dit-il et il raccrocha.

« Eh bien, pensa-t-il, si elle est aussi modérée
pour ses honoraires qu'elle l'est pour son vocabu-
laire j'ai tiré le gros lot ! »

Puis il constata que la pluie avait cessé et même
qu'un timide soleil semblait vouloir faire sa place
au milieu des nuages.

« Il est trop tard pour aller jusqu'à Rambouillet et être rentré avant la nuit, mais je peux aller passer le week-end à la Grébière, j'ai encore le temps. »

Il n'avait pas du tout prémédité cette escapade jusqu'en Sologne, jusqu'à cette maison de famille, celle justement où Aristide Klobe, fils d'Aristide Claude l'ancêtre enrhumé, avait vu le jour dans les années 1840.

Depuis le décès de sa mère, Aristide était l'unique héritier du bien, une confortable maison en briques, typiquement solognote dans laquelle s'alignaient de plain-pied cinq pièces et une cuisine, l'ensemble étant au centre de quelque six mille mètres carrés, surface qu'il jugeait beaucoup trop grande dès le printemps venu car elle le contraignait à des heures de tonte ; quant aux nombreux pommiers et poiriers qui croissaient là, il ne savait que faire des fruits ! Mais le site était très agréable, calme, reposant. De plus, il était à moins de trois cents mètres d'un étang d'une dizaine d'hectares dont le propriétaire, un brave homme dont la famille était aussi ancrée dans la région que celle des Klobe, lui permettait de pêcher aussi souvent qu'il le voulait. Enfin, autre avantage et non des moindres pour le mycologue averti qu'il était, le même voisin lui laissait tout loisir d'arpenter la forêt qui cernait la maison ; forêt de pins et de bouleaux où poussaient moult variétés de champignons, mais aussi étendue où s'étaient implantées quelques belles chênaies elles aussi porteuses de bolets variés, de cèpes et de girolles.

« Allez, j'y vais, décida-t-il, ce sera beaucoup mieux que la forêt de Rambouillet. De plus, rien ne m'oblige à rentrer avant lundi matin ; je ne vois vraiment pas pourquoi je me priverais de ce plaisir. Quant au boulot que je dois rendre, il attendra ! »

Il travaillait depuis peu comme nègre chez un éditeur du Quartier latin ; occupation qu'il remplissait bien mais sans plaisir et surtout avec le sentiment d'être, une fois de plus, honteusement exploité.

« C'est vrai, pourquoi faire du zèle, sans blague ! Vu ce que me paie ce pingre de Renaud je ne vois aucune raison de me fatiguer. D'ailleurs, si Renaud n'est pas content, je lui dirai d'aller se faire téter les yeux par un éléphant siffleur, ça lui donnera des couleurs et ça le calmera ! Et puis, lui non plus n'a pas intérêt à me chercher des crosses parce que si, pour l'instant, j'ai foiré avec l'autre affreux, rien ne dit que je raterai mon prochain coup ! Et ce n'est pas cette poison de jugesse qui veut m'embastiller qui m'empêchera de régler mes comptes ! De plus, je ne suis pas encore au trou, elle n'a aucune preuve et si tout va bien et si Me Kra... Kra, comment déjà ? Ah oui, Krazarutika, c'est ça, si cette avocate est douée, la plainte ne tiendra peut-être pas, quoique avec ma déveine... Allez en route et si la pluie veut bien attendre trois petites heures avant de remettre ça, j'arriverai à peu près sec à la Grébière, si toutefois le scooter veut bien démarrer...

Pour une fois, fait rarissime, Aristide était dans

un jour de chance, l'engin, hors d'âge, ronfla au premier coup de kick.

* *
*

Aristide n'avait jamais pu obtenir son permis de conduire. Ce n'était pas faute d'avoir essayé mais lorsque, après sept tentatives infructueuses, il avait menacé l'examinateur de lui faire un lavement à l'huile de moteur, bouillante de surcroît, il avait compris que jamais le petit dépliant rose, dûment tamponné, ne reposerait dans son portefeuille. Pour rendre son cas définitivement irrécupérable il avait, hors de lui et tout écumant de rage, brutalement ouvert sa portière ; celle-ci, happée par un poids lourd et suspendue à son pare-chocs, s'était éloignée en criblant le macadam d'une gerbe d'étincelles...

— Il en sera pareil pour votre permis, c'est terminé pour vous, monsieur Crobe ! avait prévenu l'examinateur.

— Klobe ! espèce de crétin diplômé ! Klobe ! Pas Crobe ! avait-il hurlé.

Puis il avait pris à témoin les quelques badauds médusés en leur lançant avant de partir vers le plus proche arrêt de bus :

— Parfaitement ! Je m'appelle Klobe ! Et vous pourrez dire autour de vous que vous avez rencontré un Klobe, moi ! Klobe, avec un K comme kiwi ! Sans blague !

Le permis de conduire était loin d'être le seul échec de sa vie. En fait, celle-ci était jalonnée de ratages, de fiascos, de rendez-vous manqués, d'occasions perdues, sans cesse gérée par cette incommensurable malchance qu'il traînait comme un âne étique tire sa trop lourde carriole.

Revenu du service militaire, qu'il avait vu augmenté de deux mois à cause de ses trop fréquents séjours en prison, il n'avait eu aucune envie de reprendre ses études de lettres. Après les officiers et les sous-officiers qui l'avaient persécuté pendant des mois, il n'avait pas voulu retomber sous la coupe de professeurs, quels qu'ils soient.

Mais il avait vite compris qu'il devait non seulement gagner sa vie mais aussi meubler sa solitude. Elle était épaisse, souvent poignante car il n'avait ni amis ni relations. Quant aux quelques femmes qu'il rencontrait, elles n'étaient, et ne seraient sans doute jamais que de passage, d'un soir ou d'une semaine.

Il ne cherchait même plus à savoir si c'était lui, ou elles qui se lassaient en premier. Seule certitude, ses aventures étaient aussi brèves que peu exaltantes et le laissaient à chaque fois encore plus seul.

C'est alors qu'il s'était mis à écrire son journal, chaque soir. Il s'y défoulait sans pitié en assassinant, par la plume, quiconque lui causait quelques misères. Puis le désir lui était venu d'aller plus en avant dans l'écriture. Il avait noirci des pages et des pages et confectionné ainsi douze romans policiers. Tous avaient été refusés par les éditeurs parisiens car, disaient leurs lettres : « Vos écrits ont retenu toute l'attention de notre comité de lecture, mais ils n'entrent pas dans le cadre de nos collections... »

Ravalant sa rancœur envers tous ces gens qui, pensait-il, ne comprenaient rien à rien – et surtout pas son talent de créateur, il avait poursuivi son travail de plumitif. Ainsi, depuis trois ans, s'était-il attelé à un gros roman dont le héros, comme par hasard, était affublé d'un nom à coucher dehors avec un billet de logement ; héros que poursuivait une malchance aussi tenace qu'une sangsue boulimique sur le dos d'un malade.

Avant de devenir un nègre professionnel, c'est parce qu'il avait toujours aimé ce qui se rattachait à la lecture et à la littérature qu'il avait répondu à une petite annonce lancée par une grande librairie du boulevard Saint-Michel, il avait été embauché comme vendeur. Malheureusement on l'avait aussitôt chargé du rayon mathématique et physique, ce qu'il exécrait au plus haut point et dont il ne voulait rien connaître.

— Au lieu de t'abrutir avec toutes ces balivernes inutiles, tu ferais mieux de lire de bons romans, des vrais ! disait-il aux étudiants venus quérir quelques manuels de trigonométrie ou d'algèbre. Tiens, je ne te propose pas le dernier Goncourt, il est nul, comme toujours, mais as-tu lu *La Curée* ? Non ? Et *Le Rouge et le Noir* ? Non plus ! Alors essaie au moins *Les Trois Mousquetaires* si tu ne veux pas mourir idiot !

Parce que nombre de disciples de Pythagore, de Newton ou d'Einstein étaient allés signaler à la direction les dérives manifestes et souvant vexantes du prénommé Aristide, comme l'indiquait le badge qui ornait sa blouse, il s'était vu signifier son renvoi.

— On ne vous paie pas pour faire l'apologie de la littérature, lui avait dit le patron en lui tendant son modeste chèque de départ, croyez-moi, mon pauvre Close, vous n'êtes pas fait pour ce métier !

— Pas Close, fesses de rat ! Klobe, c'est quand même pas compliqué ! avait dit Aristide en s'éloignant.

Après cet essai il avait récidivé dans une des FNAC parisiennes au rayon musique. Il n'avait tenu que trois semaines car vite excédé par les exigences de gamins réclamant ce qu'ils appelaient de la musique et qui, pour lui, n'était qu'un abominable et insupportable bruitage ; comme en littérature il n'aimait que le classique. Mais il avait vite compris qu'il était vain de vouloir convaincre de jeunes crétins, aux oreilles internes déjà mutilées par les décibels, aux accords de Bach, de Donizetti ou de Haendel et il avait laissé sa place à un autre.

Mais il lui fallait bien gagner sa vie, alors pendant des années, il avait successivement tâté d'emplois aussi divers que peu exaltants. Tour à tour surveillant aux portes de sortie du Bon Marché, représentant, uniquement sur Paris faute de permis de conduire, de produits ménagers ; puis, toujours sur Paris, démarcheur en assurances vie pour une compagnie qui puait l'arnaque car les conditions de ses contrats qui remplissaient cinq pages recto verso étaient déchiffrables seulement avec une loupe proche du microscope ; enfin, garçon de café puis, retour aux sources, à nouveau vendeur dans le rayon librairie d'un grand magasin.

C'est là qu'il avait un jour retrouvé un de ses camarades de régiment : Jean Leloup. Ils ne s'étaient pas revus depuis des années mais néanmoins reconnus. Ils s'étaient d'abord observés sans trop oser aller plus en avant, puis Jean Leloup avait fait le premier pas.

— Je m'excuse monsieur, mais vous ressemblez beaucoup à un de mes compagnons du service militaire. Vous ne seriez pas, par hasard Aristide Klau... Kro... ?

— Klobe, oui ! Et toi tu es Jean Leloup !

— Ça c'est la meilleure ! Oui, oui, c'est bien toi, sacré vieux Klobe !

— Sacré carnassier ! Dis, tu aurais plutôt pris quelques kilos, non ?

— Oui, il paraît... Mais qu'est-ce que tu fous là ?

— Je vends, enfin j'essaie...

— Les bouquins ?

— Oui, à première vue ce ne sont pas des boîtes de sardines ! Et toi, que fais-tu là ?

— Ce que je fais ? avait souri Leloup en se rengorgeant et en désignant les rayons, ça !

De Jean Leloup, Aristide gardait le souvenir d'un redoutable baratineur, un homme par exemple capable de faire croire à un sergent de vingt ans de carrière qu'il avait l'étoffe et l'intelligence d'un officier supérieur et qu'il devait donc comprendre à quel point lui, Jean Leloup, avait besoin d'une permission supplémentaire ! Parce qu'il usait d'arguments aussi convaincants avec la gent féminine, il s'était taillé une solide et méritée réputation de don juan.

— Et ça, ça veut dire quoi ? avait insisté Aristide.

— Ça veut dire que c'est mon travail, avait expliqué Leloup en désignant la pile de volumes placée en tête de gondole.

— C'est quand même pas toi qui écris ce genre d'idioties, et je suis poli...

— Non, mais je les édite, c'est plus rentable !

— Mais dis, à l'armée, si j'ai bonne mémoire, il n'était pas question de ce boulot ?

— Non, mais alors je n'avais pas encore rencontré Élisabeth Bonisson, oui, la fille du propriétaire des Éditions de la Carène. Parfaitement, mon vieux, et depuis que mon beau-père a pris sa retraite, voici cinq ans, c'est moi le patron et crois-moi, j'ai une affaire qui tourne.

— Bravo, mais qu'est-ce que tu fais ici ?

— Je suis là incognito et, pendant que ma femme fait ses emplettes, j'en profite pour vérifier que mes représentants font bien leur boulot et que mes bouquins sont en bonne place, surtout celui-là, on fait un de ces succès avec !

— Ce pavé ? *Votre destin par les planètes, les lettres et les nombres* que l'auteur vient signer ici samedi après-midi ?

— Exactement ! Un grand bouquin, pensé et écrit par une sacrée pointure et une sacrée belle femme aussi ! Crois-moi, elle s'y connaît, en tout. Enfin, pour l'écriture on lui a un peu tenu la main, mais c'est banal. De toute façon, tu peux me croire, l'auteur : Bérénice Bérénices – en fait elle s'appelle Josette Duplat – est une des meilleures en France et sans doute même en Europe !

— Tu te fous de moi ! Ne me dis pas que tu crois toutes ces balivernes !

— Pas beaucoup, mais il ne faut pas le dire car la maison obtient de très bons résultats avec ces publications branchées sur le marc de café ! Non, sans rire, Bérénice Bérénices est d'une autre taille ; tu vois, elle a étudié mon cas et m'a raconté des trucs tout à fait exacts. D'après elle, mon actuelle situation était programmée depuis ma naissance !

— Tu débloques !

— Pas du tout ! Tiens, entre deux clients et avant samedi, prends le temps d'ouvrir son dernier livre, ça lui fera plaisir que tu sois au courant et puis tu seras étonné, tu verras, en fin de volume tu pourras faire les tests, c'est marrant et pas toujours faux.

— Et à part les idioties de ta Bérénice, tu édites quoi ?

— Tout ! Enfin non, pas les bouquins chichiteux et nombrilistes qui font jouir les jurés des grands Prix et endorment les lecteurs, mais tout le reste. Du polar, beaucoup, pas mal de manuels de sexologie et des romans érotiques, ça plaît et ça rapporte, et puis du roman facile à lire dans le métro et aussi des récits d'aventures, des biographies, des mémoires, soixante nouveautés par an et crois-moi, ça tourne ! Bon, il faut que je te laisse. Passe donc un jour me voir aux Éditions de la Carène, rue Mayet, dans le sixième bien sûr, c'est le seul secteur des pros du livre, et j'en suis un, en toute modestie... Allez, à bientôt j'espère, content de t'avoir revu. Et surtout, samedi, sois très très gentil avec Bérénice. Je ne pourrai pas venir la soutenir, j'ai un week-end de chasse en Sologne. Mais toi, soigne-la bien, elle le mérite !

— Puisque tu le dis... Mais moi, les pythonisses je n'y crois pas du tout, avait murmuré Aristide en haussant les épaules.

Il ne lui avait pas fallu longtemps pour comprendre que, en dehors de toutes prédictions de ladite Bérénice Bérénices, ses retrouvailles avec Jean Leloup avaient changé le cours de son existence...

* * *

« Bérénice Bérénices et ses prédictions, quelle farce ! Elle n'avait rien prévu de ce qui m'arrive, cette baratineuse ! En fait, mis à part sa libido exacerbée et son art d'embobiner les gogos elle n'en sait pas plus sur l'avenir que le commun des mortels ! » pensa Aristide en remettant une grosse bûche dans le foyer.

Deux heures plus tôt, alors qu'il venait juste de franchir la Loire le ciel s'était recouvert et c'est sous une pluie battante et glacée, que poussait un méchant vent d'ouest, qu'il avait enfin atteint la Grébière. Parce qu'il était prudent et connaissait bien sa Sologne natale et son humidité, il veillait à chaque séjour, sauf en plein été, à avoir les deux cheminées de la maison bien chargées en fagots et en bûches, prêtes à accueillir la première allumette.

Grâce à quoi, ce soir-là et pour trempé jusqu'aux os qu'il avait été à son arrivée, la vigueur du feu lui avait très vite permis de se réchauffer. Et maintenant que son dîner mitonnait dans les braises, il sirotait un solide whisky. Outre un bocal de hure de sanglier, qu'il mangerait froid avec quelques cornichons, il avait extrait du congélateur un sachet de pommes dauphine et un autre de quenelles de brochet préparées par ses soins quand, trois mois plus tôt, il avait sorti de l'étang un monstre qui frisait ses quinze livres !

« Et demain, si tout va bien, j'aurai pour midi mon omelette aux champignons. D'après ce que j'ai vu, il n'a pas encore gelé et la récolte devrait être bonne. »

Il avait toujours été un passionné, avant de devenir un expert en cryptogames ; un spécialiste reconnu dans la région puisque, au dire des autochtones, il était en la matière beaucoup plus savant que tous les pharmaciens de la contrée ; érudit au point de se confectionner des poêlées de succulents champignons qui, aux yeux des ignorants du pays, étaient tous bons à jeter, dangereux, vénéneux. Tel n'était pas son avis et c'était avec une gourmandise aussi grande que son appétit qu'il s'attablait devant un plat de russules charbonnières ou d'entolomes en bouclier, quand ce n'était pas devant une omelette aux tricholomes dorés que les profanes prétendaient mortels.

« Il n'empêche, bien que ses dons de voyance soient du bluff, c'est quand même ladite Bérénice qui, sans le faire exprès, m'a orienté dans une direction non prévue. Savoir où j'en serais si je ne l'avais pas rencontrée, peut-être ici même et à la même heure, mais sans doute pas poursuivi par la hargne de cette petite teigne de juge... », pensa-t-il tout en remuant délicatement ses quenelles.

* *
*

Comme l'avait prédit Jean Leloup, il y avait foule en ce samedi après-midi au cours duquel Bérénice Bérénices – la plus grande voyante française depuis des lustres – avait signé son dernier ouvrage. Après deux heures d'une cohue à quatre-vingt-dix-neuf pour cent générée par des femmes excitées comme des puces, Aristide avait calculé qu'ayant dédicacé près de deux volumes à la minute Bérénice avait donc écoulé au minimum deux cent vingt bouquins, sinon plus. C'était énorme et expliquait bien les dithyrambes que Jean Leloup avait tissés à son égard.

Une fois le grand magasin fermé et alors que le chef de rayon, quelques vendeuses, Bérénice et Aristide buvaient le champagne en croquant les canapés au saumon fumé et au foie gras, en atten-dant les petits fours, c'est Bérénice qui l'avait abordé :

— Vous avez vu ce monde ! Et c'est partout

pareil ! Enfin, vous m'avez été d'un grand secours pour canaliser et prendre les noms de toutes mes admiratrices, je vous en remercie beaucoup. Tenez, vous m'êtes très sympathique, si si, vous avez de beaux yeux et de très belles mains, des mains d'artiste comme je les aime, alors écrivez sur cette feuille votre date de naissance et son heure, votre prénom et votre nom. Donnez-moi aussi votre adresse et, c'est promis, je vous enverrai gratuitement les grandes lignes de mon analyse à votre sujet.

Il avait failli répondre qu'il tenait toutes ces fariboles pour une gigantesque foutaise, mais le sourire de la jeune femme l'avait désarmé et il s'était exécuté.

— Eh bien..., avait-elle murmuré après quelques instants d'observation du texte. Puis elle avait compulsé un tableau situé en annexe de son livre avant d'annoncer :

— Aristide Klobe, né le 13 février 1953 à 5 heures du matin, du Verseau donc ; vous saviez que c'était un vendredi ?

— Ma foi non, je ne garde pas souvenir de ma naissance, avait-il plaisanté, ma mémoire n'est pas fidèle à ce point !

— Ne riez pas ! À première vue, vous êtes un cas unique, vous m'intéressez beaucoup, si si ! Tenez, je dois aller lundi matin aux Éditions de la Carène, j'ai rendez-vous avec Jean Leloup, mon éditeur, un homme adorable, et tellement efficace...

— Je le connais, nous avons fait notre service militaire ensemble.

— Ah bon ? Eh bien passez donc me voir. Je vous brosserai un bref tableau de votre avenir. Je suis certaine qu'il est des plus brillant, vrai, je n'ai encore jamais étudié un cas comme le vôtre et Dieu sait pourtant si j'en ai vu beaucoup...

Il n'avait pas osé lui dire qu'il ne croyait pas un mot de son verbiage et que, détail qu'elle n'avait pas prévu, malgré ses dons, il travaillait le lundi matin, il lui était donc impossible d'aller rue Mayet. Mais il avait vaguement acquiescé tout en se disant, *in petto*, que la belle Bérénice Bérénices pouvait toujours attendre !

* *
*

« Et pourtant elle n'a pas attendu », songea-t-il en goûtant prudemment la sauce des quenelles pour juger de sa température. Il estima que quelques minutes de réchauffement étaient encore nécessaires et déboucha la bouteille de graves blanc qu'il avait mise à rafraîchir.

« C'est vrai qu'elle n'a pas attendu, pourtant il aurait beaucoup mieux valu que je n'aille pas rue Mayet ce jour-là, ni aucun autre jour d'ailleurs ! En fait, en bonne logique je n'aurais jamais dû m'y rendre ce matin-là ! »

Mais, hasard ou intervention astrale, il avait pu, en ce lundi, aller jusqu'aux Éditions de la Carène. Arrivant devant le grand magasin pour y prendre son travail, comme chaque jour ouvrable, il avait appris que, suite à une grève surprise du personnel chargé du nettoyage, il n'était pas possible d'ouvrir et d'accueillir le public avant plusieurs heures. Alors, amusé par ce clin d'œil du ciel, il avait repris le métro jusqu'à Duroc et s'était rendu au rendez-vous fixé par Bérénice Bérénices.

Il avait trouvé la jeune femme en train de discuter avec Jean Leloup et, notant la grande intimité et la complicité qui régnaient entre eux, il en avait déduit que leurs relations allaient au-delà de simples contacts éditoriaux.

« Ce sacré Leloup est bien toujours le même, avait-il pensé, il court derrière le premier jupon venu pour peu qu'il pare une fille qui en vaut la peine. Et il faut bien dire que cette soi-disant voyante mérite le détour... »

— Dis donc, tu n'as pas traîné pour venir me voir ! lui avait lancé Jean Leloup, Bérénice vient de me dire que sa signature a été un franc succès et que tu avais été tout à fait charmant avec elle, bravo !

— C'est mon travail, mais il est vrai qu'il ne se fait pas toujours en aussi gracieuse compagnie, avait dit Aristide en remarquant que la jeune femme avait changé d'expression depuis qu'elle l'avait vu entrer.

D'un peu fermé, car sans doute occupé par les quelques problèmes qu'elle était venue régler aux Éditions, son visage s'était soudain ouvert, et c'est avec un grand sourire et beaucoup de gaieté dans la voix qu'elle avait lancé :

— Comme promis, j'ai rapidement étudié votre

46

thème, il est passionnant, j'irai même jusqu'à dire fantastique, voilà, fantastique !

— Allons donc ! avait dit Aristide en levant les yeux au ciel.

— Mais si ! Je n'ai jamais vu un homme aussi chanceux que vous. Je ne doute pas que vous jouez au loto et à tous les jeux de hasard, avec la veine que vous avez ! Surtout les vendredis 13. Mais je dirai même tous les 13 ! Et ne me dites pas le contraire.

— Ben... C'est-à-dire que...

— Allons, allons, ne jouez pas les cachottiers, pas avec moi du moins ! Votre profil est... somptueux, c'est ça, somptueux ! Tenez, je vous ai tout inscrit là-dedans, avait-elle dit en lui tendant une enveloppe fermée.

Il avait noté l'absence du timbre et déduit que la jeune femme avait soit prévu de la faire expédier aux frais des Éditions soit qu'elle n'avait pas douté de sa venue et qu'elle lui remettrait donc son analyse en mains propres. Il avait misé sur la première explication.

— Maintenant il faut que je parte, avait dit Bérénice en se laissant embrasser par Leloup ; mais croyez-moi, monsieur Klobe, avait-elle lancé avant de sortir, profitez du chiffre 13, il est votre porte-bonheur !

« Un bon point pour elle, avait-il pensé tout en se retenant pour ne pas éclater de rire car, en fait de chance il savait à quoi s'en tenir, oui, un bon point, elle n'a pas écorché mon nom. » Puis il avait plaisanté en se tournant vers Leloup :

— Elle est un peu frapadingue ta copine !

— Un peu, oui, mais ça fait son charme, enfin, ça plus ses succès en librairie naturellement !

« Sans oublier et ça ne doit rien gâter ses prouesses horizontales », avait pensé Aristide. Mais il avait gardé cette réflexion pour lui car il estimait que chacun est libre de gérer sa vie sentimentale à sa guise. De plus, peu lui importait les infortunes conjugales de la fille de l'éditeur. En revanche, il ne pouvait faire moins que de reconnaître que le choix – amoureux ou financier, l'un n'empêchant pas l'autre – de Jean Leloup avait été on ne peut plus judicieux car Bérénice était indiscutablement et en tout point une très bonne affaire...

— Viens, je vais te faire visiter la maison, l'avait invité son camarade. Oh ! ce n'est pas immense, mais enfin, j'emploie quand même seize personnes, il faut bien ça pour que tout fonctionne au mieux.

— Bien sûr. Mais dis, au moment de l'armée, dans le temps, ce que tu faisais n'avait rien à voir avec l'édition, tu avais bien commencé comme représentant de je ne sais quelle marque de voiture ?

— Oui, et j'ai continué. C'est comme ça que j'ai rencontré ma femme. Oui, je lui ai vendu le coupé sport dont elle rêvait, elle m'a trouvé une autre situation... Bah, c'est toujours du commerce ! Et toi, j'ai complètement oublié ce que tu faisais à l'époque du service ?

— Beaucoup de corvées et de jours de taule !

Mais à part ça j'avais commencé des études de lettres.

— C'est bon ça, non ?

— Va savoir... Moi, après la quille, j'ai tout laissé tomber, avait menti Aristide tout en se disant que le jour n'était peut-être pas loin où il proposerait quelques manuscrits aux Éditions de la Carène...

* * *

« De la Carène, comme la constellation du même nom, pour parler comme Bérénice. Ah oui, joli piège à gogos ! En fait de Carène, c'est plutôt les Éditions de l'Arnaque et de l'Escroquerie réunies qu'il faudrait dire ! Ah les porcs ! Enfin, il ne faut pas se laisser abattre », pensa-t-il en éloignant un peu ses quenelles du foyer car il les aimait bouillantes mais non brûlées. Puis il se versa un verre de bordeaux, le huma, le goûta et le jugea très honnête. Il se servit ensuite une grosse part de hure ; elle était parfaite, succulente, relevée à point, un régal !

« Mais quelle aventure ! » se dit-il en ressassant ses souvenirs ; car ils étaient là, tous, et malgré sa situation douteuse et son avenir très incertain il ne put s'empêcher de sourire en se les remémorant.

* * *

Ce lundi-là, occupé par sa visite aux Éditions de la Carène et son travail de l'après-midi, il n'avait pas du tout pensé à prendre connaissance de « l'étude » de son cas établie par Bérénice Bérénices, comme Coma Bérénices, autre constellation dixit la jeune femme.

À son sujet et à propos de ses relations avec Jean Leloup, ce qui n'était qu'une présomption était devenu quasi-certitude lorsque son camarade lui avait présenté son épouse. C'était une grande femme, une fausse blonde anguleuse mais assez belle, aux traits un peu figés car tirés vers l'arrière par un impressionnant et impeccable chignon et au regard dur. Vêtue d'un tailleur gris qui portait sûrement la griffe d'une grande maison mais était avant tout très austère, Élisabeth Bonisson, épouse Leloup, paraissait imperméable à toute fantaisie.

Elle meublait son temps en piochant dans les manuscrits qui arrivaient chaque semaine et son jugement était sans appel. En fait, Aristide avait compris que cette occupation était pour elle l'occasion de venir aux Éditions deux ou trois fois par semaine et d'en surveiller la bonne marche. Quant à ses capacités de lectrice, donc de procureur, si rien ne permettait de prime abord de les mettre en doute, il n'était pas hasardeux, en revanche, d'estimer qu'elle avait depuis longtemps découvert les frasques de son époux et qu'elle les jugeait avec la plus grande sévérité ! Tout en elle suintait la rancœur et la condamnation et c'est à peine si elle avait daigné saluer Aristide. À ses yeux, puisqu'il était une vieille connaissance de son époux, il ne pouvait être que bambocheur et vicieux, infréquentable.

— Je sais, elle paraît un peu revêche, avait reconnu Leloup une fois refermée la porte de son bureau, mais, dans le fond, elle n'est pas méchante.

Aristide était persuadé du contraire mais il s'était tu car il n'avait cure des rapports qu'entretenait le couple.

— Eh bien voilà, maintenant tu connais mon domaine, avait poursuivi Leloup, j'avoue ne pas en être mécontent...

— Il faudrait être exigeant. Bon, il faut que je te quitte. Content de t'avoir retrouvé en pleine forme.

— On se reverra ?

— Sait-on jamais... Si un jour je suis au chômage et que tu aies besoin d'un homme à tout faire... Mais au fait, tu chasses dans quel coin de Sologne ?

— Pas loin de Lamotte-Beuvron. À la Tuilerie.

— Sans blague ! Dans la propriété des de Lancettes ? Richard et Virginie de Lancettes ?

— Oui. Tu les connais ?

— De réputation, pas plus, nous ne sommes pas du même monde ! Mais leur domaine, un peu mieux, mes ancêtres y furent employés et moi, j'ai ma maison à un kilomètre de là !

— Voilà qui est amusant. J'y ferai peut-être un saut un jour si tu m'invites à prendre un verre.

— Pas de problème. Et si en plus de la chasse tu apprécies la pêche, j'ai dix hectares d'étang à ma disposition.

— Formidable ! J'adore la pêche. Je ne connais

rien de plus reposant que de flemmarder en regardant son bouchon.

— Alors quand tu voudras. Et tu pourras venir avec madame, avait un peu vicieusement proposé Aristide car il se doutait de la réponse.

— Euh... tu sais, ma femme n'aime pas du tout la Sologne, sortie de Paris elle ne supporte que Deauville. Et puis elle déteste la chasse et aussi les soirées qui suivent. Quand je vais là-bas je loge à l'auberge du Colvert et...

— Ça va, n'en dis pas plus, j'ai compris, vive la liberté ! avait coupé Aristide.

— À propos de liberté, tu es marié ?

— Non, et c'est pas demain la veille. Et toi, tu as des enfants ?

— Non, Élisabeth n'en veut pas et moi non plus d'ailleurs. C'est trop de travail et déjà que je ne sais pas où donner de la tête !

« Évidemment, entre le boulot, les soirées parisiennes, la chasse et les week-ends galants avec des petites cailles, ses journées doivent être bien remplies ! » avait pensé Aristide une fois sorti des Éditions de la Carène. C'est alors qu'il avait touché l'enveloppe que Bérénice lui avait remise un peu plus tôt. Mais parce qu'il ne voulait pas en prendre connaissance dans la rue et que, de plus, il ne croyait pas un mot de ce que la jeune femme lui avait déjà assuré, il avait repoussé sa lecture à plus tard.

*
* *

C'est en vidant ses poches, comme chaque soir avant d'enfiler sa robe de chambre, qu'il avait enfin lu le contenu de la lettre.

— Mais qu'est-ce que c'est que ce truc ? avait-il murmuré en contemplant les calculs, on jurerait une facture !

Puis, presque aussitôt, il s'était mis à rire en découvrant ce qu'il tenait pour des élucubrations.

« Bon sang ! Si c'est avec ce genre d'ânerie qu'on fait un best-seller, je vais m'y mettre sans plus attendre ! » avait-il pensé.

D'abord, le plus sérieusement du monde, d'une belle et ample écriture gladiolée, tracée à l'encre verte, Bérénice Bérénices expliquait que chaque lettre de l'alphabet était riche d'un nombre : 1 pour A, 2 pour B et ainsi de suite jusqu'à Z qui valait donc 26.

Mon cher Aristide, poursuivait-elle, *vous êtes indiscutablement béni des dieux et de la galaxie ! En effet, en additionnant le nombre de lettres de votre prénom et de votre nom on obtient le chiffre 13 et celui de 130 si l'on donne à chaque lettre sa valeur ; et dans 130 il y a d'abord un 13...*

Mieux, né le 13 février 1953 à 5 heures du matin, soit le cinquième jour de la semaine auquel j'ajoute le 13 et le 2 car février est le deuxième mois de l'année, j'obtiens 20 auquel j'ajoute bien entendu votre année de naissance. Donc, 20 + 1953 = 1973 ! Or il y eut un vendredi 13 en 1973, le 13 octobre et je suis certaine que ce fut pour vous un jour faste !

« Pauvre dinde, avait-il pensé, en 73 j'étais à la

caserne, sûrement de corvée et peut-être même en taule, l'une découlant de l'autre ! Tu parles d'un jour faste ! Enfin, puisqu'on est dans le délire, voyons la suite...

... Selon ma technique, expliquait la lettre, *et toujours en additionnant la somme des lettres et de la date, j'obtiens le chiffre 172 qui, divisé par 13, me donne... 13 ! Croyez-moi, très cher ami...*

— Tiens voilà que cette foldingue me donne du très cher ami, si ça continue, elle va me filer un rencard ! s'était-il amusé avant de poursuivre sa lecture :

... Croyez-moi, très cher ami, le 13 vous est on ne peut plus bénéfique car, autre preuve irréfutable, en février 1953 le soleil est entré dans votre signe le 18 à 22 heures soit : 18 + 22 = 40 qui, divisé par 3 nous donne 13 !, vous me suivez ?

« C'est pas croyable d'être givrée à ce point, avait-il pensé en se versant un fond d'armagnac, histoire de s'éclaircir le cerveau. Bon, où allons-nous maintenant ? »

Retenez bien le 13, disait la lettre, *et j'insiste car, toujours en ce mois de février 1953, outre le soleil c'est Saturne qui a joué de son influence ! Or Saturne = 98, Soleil = 72, soit un total de 170 lequel, toujours divisé par 13, donne... 13 ! Pour finir et sous réserve de peaufiner bien davantage mes calculs et mes analyses je vous prédis, bien qu'elle soit encore très lointaine, que l'année 2003 vous sera on ne peut plus favorable, que dis-je, magnifiquement bénéfique ! En effet ce sera une année de 13 lunes et il y aura un vendredi 13 juin.*

Je vous le dis, préparez-vous à vivre de grands moments ! Et si vous voulez en savoir plus, n'hésitez pas à venir me voir, nous irons beaucoup plus loin ensemble...

— Ben pardi ! s'était-il exclamé, nous sommes en 1984 et elle me prédit, entre autres bonheurs à venir, une formidable année 2003 ! Or avec la malchance que je traîne, j'ai d'ici là cent fois le temps de me casser le cou, de faire quinze infarctus et de ramasser dix cancers et, tel que je me connais, je suis très capable de m'offrir tout ça à la fois ! En attendant toutes ces joyeusetés c'est bel et bien un rendez-vous qu'elle me propose. Mais là, il ne faut pas qu'elle y compte, libre aux jobards de se ruer sur son dernier bouquin et sans doute dans son cabinet, mais en ce qui me concerne, c'est zéro, elle ne m'aura pas !

« Tout cela se passait il y a dix-huit ans, se souvint-il en nettoyant dans son assiette les dernières traces de ses quenelles. Dix-huit ans que la belle Bérénice Bérénices m'a annoncé tous les bonheurs que les chiffres, les astres et sans doute sa boule de cristal et le marc de café me réservaient ! Ah oui ! Belle voyance ! En fait de réussite j'ai surtout travaillé pour celle des autres. Quant à ma chance, elle m'a d'abord valu de me faire vider de l'emploi que j'occupais lorsque j'ai retrouvé Leloup et géré la dédicace de Bérénice. Et ça, elle ne l'avait pas prévu avec ses calculs à la noix ! Pas prévu que j'ai été accusé de négligence et même de vols patents par le patron du magasin, tout simplement parce que les chapardages dans les rayons livres dépassaient de loin les normes tolérées et habituelles. Et c'est bien à partir de là que j'ai commencé à m'embarquer dans la galère qui, pour l'heure et en attendant mieux, m'a conduit chez cette harengère de jugesse ! »

Il avait été licencié un mois après sa visite aux Éditions de la Carène :

— Soit vous êtes un incompétent notoire, soit un minable petit escroc, les deux peut-être. Mais qu'importe, à partir d'aujourd'hui vous ne faites plus partie du personnel, monsieur Croque ! lui avait annoncé le patron.

— Klobe ! Aristide Klobe, espèce de tête de veau ! avait-il soupiré. Mais sachez, monsieur le sous-chef de rayon, que je ne suis ni malhonnête ni plus incompétent que la moyenne des gens que vous employez et que vous payez d'ailleurs très mal !

— Il suffit ! Sortez !

« J'aurais dû lui donner une bonne leçon, à lui aussi, enfin j'aurais dû au moins essayer, ça m'aurait soulagé, pensa Aristide en choisissant parmi ses nombreux disques celui qui lui permettrait de meubler agréablement sa soirée au coin du feu. Il opta pour les sonates pour piano de Schubert, se délecta des premières mesures et se plongea dans la relecture de Cervantes ; il aimait beaucoup Don Quichotte, sa liberté, sa douce folie et ses utopies.

Il y avait maintenant longtemps qu'il n'avait pas ouvert un journal, qu'il n'écoutait pas plus la radio et qu'il ne regardait la télévision, il n'avait d'ailleurs pas de poste. Cette totale ignorance de l'actualité le faisait toujours passer pour un débile profond, une sorte de zombie qui tombait des nues lorsque, par hasard, une de ses fréquentations – elles étaient de plus en plus rares – abordait devant lui les grands ou petits sujets qui agitaient le monde.

— Mais comment peux-tu vivre sans rien savoir ? Sans télé ni radio ? lui avait un jour demandé une compagne de travail avec qui, fait exceptionnel, il avait vécu quinze jours car elle était douée au lit et surtout peu bavarde.

— C'est mon affaire, occupe-toi des tiennes ! Moi, mes propres problèmes suffisent à me gâcher la vie, je ne vais pas, en plus, me charger de ceux du monde entier ! avait-il répondu.

Son temps libre ? Il le passait pour partie à écrire l'énorme ouvrage entrepris il y a trois ans et qui était maintenant terminé. Et quand celui-ci serait relu et naturellement refusé par les éditeurs, il en commencerait un autre, par goût de l'écriture.

« Pour prendre du plaisir à écrire, il n'est pas nécessaire d'être édité, pas plus qu'il n'est indispensable, pour un peintre du dimanche, grand barbouilleur devant l'Éternel, d'avoir ses croûtes exposées et vendues dans les galeries », se répétait-il lorsqu'il s'installait devant une page blanche.

Outre cette occupation à laquelle s'ajoutaient la relecture de grands classiques et l'audition de musique, il potassait aussi les volumes de l'encyclopédie analytique des champignons, une mine de renseignements pour le passionné qu'il était.

Aussi, en cette fin de soirée du 18 octobre 2002, lorsqu'il se coucha et éteignit la lumière, c'est en pensant aux champignons qu'il cueillerait le lendemain qu'il attendit le sommeil. Tout au plus, mais en vain, tenta-t-il aussi de se souvenir du nom de l'avocate qu'il avait contactée :

« Kraza... Krazaru... ? Des nèfles oui », songea-t-il. Et il sombra dans le sommeil, heureux de pouvoir se dire qu'il n'était pas le seul à porter un nom impossible.

3.

Aristide faillit éclater de rire lorsque Me Krazarutika s'enquit de l'objet de sa visite ; seul le
fait qu'elle n'estropia pas son nom l'empêcha de
pouffer.

« Et voilà, c'est reparti, une pareille aventure
n'arrive qu'à moi. Je ne vois d'ailleurs pas à qui
elle pourrait arriver à d'autres que moi puisque je
dois être le seul et unique client de cette malheu-
reuse fille. Dommage. Enfin je verrai ailleurs... »

Me Krazarutika était pourtant très accorte,
jeune, sans doute pas plus de trente-cinq ans, gracieuse, c'était une mignonne brune, potelée et
bien proportionnée, à la voix douce et au visage
avenant. De plus, elle avait de très beaux yeux
verts qui attiraient aussitôt l'attention. Ils n'étaient
malheureusement pas les seuls et même l'intelligence et la douceur qui y palpitaient étaient inca-
pables de faire oublier le principal handicap de la
jeune femme, un défaut dont elle devait beaucoup
souffrir. Car, comble de l'horreur pour quelqu'un

qui fait métier de l'art oratoire et qui gagne sa vie en sauvant parfois celle des autres, Me Krazarutika n'avait aucun intérêt à ouvrir la bouche, qu'elle avait charmante au demeurant, avec un galbe des lèvres très attirant.

— Mon... mon... monsieur Klo... Klobe, commença-t-elle, que... que... puis... puis-je pour... pour vvvous ?

« C'est pas possible, ça me poursuit, pensa Aristide en se mordant l'intérieur des joues pour résister au fou rire qui le gagnait, il doit exister en France, et peut-être au monde, une seule avocate qui bégaie et c'est moi qui la trouve ! Parole, je dois être son premier et seul client, tous les précédents ont dû partir en courant et c'est ce que je vais faire aussi. »

Puis il se souvint pourquoi il avait choisi la jeune femme, par solidarité, à cause de son nom sûrement encore plus difficile à porter que le sien. Il eut alors d'autant plus pitié qu'il décela les larmes, très discrètes car retenues, qui firent soudain briller le regard vert, tant il était évident que la jeune femme avait décelé son hilarité intérieure et qu'elle s'attendait à le voir partir. Alors, au lieu de se lever et de battre lâchement en retraite, comme un goujat, il annonça :

— J'ai besoin de votre aide. Je risque d'être sous peu mis en examen et sans doute en détention préventive.

— Pour... ppour... que... quel mo... ti tif ?

— Tentative d'assassinat avec préméditation,

naturellement. Voilà pourquoi j'ai besoin de quelqu'un capable de démolir ces accusations...

— Vraies ou... fau... fausses ?

— Pas complètement fausses, mais pas entièrement vraies, c'est assez compliqué, insista-t-il en réponse au regard interrogatif que venait de lui lancer Me Krazarutika. J'ajouterai que je comprendrai très bien que vous refusiez de me défendre...

— Expliquez-moi tout ça par le menu, monsieur Klobe, demanda la jeune femme sans la moindre hésitation d'élocution.

Puis, devant la stupéfaction d'Aristide surpris par le total changement dans la prononciation, elle ajouta en souriant :

— Oui, je conçois votre étonnement, monsieur Klobe, mais je ne trébuche un peu dans mes propos que dans la vie courante, hors de ma profession, mais jamais quand je plaide, enfin quand on m'en donne l'occasion, vous comprenez ? Alors, tant que vous ne m'aviez pas exactement confié le but de votre visite et demandé mon assistance, vous pouviez être un simple représentant en matériel de bureau ou un banal casse-pieds prêt à me faire faire des placements aussi miraculeux que douteux ; le monde est plein d'importuns ! Dans ce cas, mon léger problème de langage m'est d'un grand secours, il désarme ! Comprenez-vous cela, monsieur Klobe ? J'ajouterai, si vous le permettez, que votre réponse au sujet de votre culpabilité, éventuelle ou fondée, m'a plu, elle fut franche, et j'aime la franchise. Vous me direz que, pour quelqu'un de ma profession, le terme franchise peut paraître pour le moins étrange et il est bien vrai que le fondement de mon métier ne repose pas sur...

« C'est incroyable, je rêve ! pensa Aristide qui, déjà, n'écoutait plus que d'une oreille, après son quasi-mutisme au téléphone vendredi dernier, son bégaiement voici cinq minutes, la voilà maintenant en pleine logorrhée, c'est dément tout ça ! Mais cela me plaît car si elle baratine ma garce de jugesse de la sorte, j'ai quelques chances de m'en sortir. »

— ... Voilà donc ce que je voulais brièvement vous dire avant de vous parler de mes honoraires, il faut bien y penser n'est-ce pas ?

— Bien entendu, approuva-t-il.

Il s'attendait au pire, était même prêt à négocier des facilités de paiement et fut agréablement surpris quand Me Krazarutika lui annonça ses tarifs.

— Alors tout est parfait, décida-t-elle, puisque nous sommes d'accord, racontez-moi tout et surtout pourquoi vous vous trouvez accusé d'une tentative d'homicide volontaire pouvant entraîner la mort, avec préméditation.

— Ça risque d'être long, très long car c'est d'abord une question de malchance, prévint-il, vous comprenez, il faudrait en revenir quasiment à la naissance d'un de mes ancêtres, il devait s'appeler...

— Soit, soit, nous verrons cela plus tard, allez

aux faits, je saurai ensuite si j'ai besoin d'un complément d'explications.

— D'accord. Au sujet de ce qui m'amène, tout a commencé il y a quinze ans...

* * *

Après avoir été licencié du rayon librairie, Aristide avait repris cahin-caha l'habitude des petits boulots : ici serveur dans une épicerie, là manutentionnaire dans un magasin d'accessoires auto, puis, tour à tour, plongeur dans un bistrot et enfin, après avoir longuement plaidé sa cause car on le trouvait déjà trop âgé, livreur de pizzas. Il avait convaincu son employeur en lui expliquant que ne pouvant conduire une voiture, faute de permis, il était champion sur tous vélomoteurs et comme il connaissait Paris comme sa poche...

Au cours de ces années, il avait réussi à se loger dans une minable chambre de bonne, glaciale en hiver, suffocante dès les premières chaleurs. Pendant trois ans, seuls lui avaient permis de ne pas sombrer dans le désespoir les week-ends qu'il s'offrait parfois jusqu'en Sologne. Là, il se ressourçait grâce aux longues promenades en forêt et à l'immense satisfaction de pouvoir, pendant deux jours, reprendre forces sous un toit bien à lui. Car même aux pires moments, lorsqu'il cherchait un emploi et qu'il n'avait plus que quelques francs en poche, jamais il n'avait voulu vendre sa maison.

« Si je fais ça, je gagne un gros paquet, mais avec mon habituelle malchance, je parie que, dans

63

les huit jours suivants, il y aura une dévaluation, ou une guerre mondiale et je me retrouverai sans un sou et sous les ponts ! » se disait-il lorsque la tentation le prenait d'entrer chez un agent d'affaires et de lui proposer la Grébière et son enclos.

Après trente-six mois d'emplois aussi peu rémunérateurs qu'épisodiques, c'est par hasard qu'il était repassé un jour rue Mayet et s'était arrêté devant la vitrine exposant les dernières parutions des Éditions de la Carène.

Conscient de tout ce qui le séparait de Jean Leloup – celui-ci devait être encore plus à l'aise que trois ans plus tôt et lui, Aristide, était encore plus dans la dèche –, il n'avait jamais osé reprendre contact avec son camarade. Quant à Bérénice Bérénices et à ses prédictions mirifiques, il ne passait guère de jour sans qu'il ne la voue aux géhennes !

« Elle me disait chanceux, cette superbe dinde ! Ah ! si jamais je la revois, elle va m'entendre, elle et ses calculs foireux ! »

Il savait qu'elle sévissait plus que jamais puisque ses livres trônaient toujours au milieu des devantures des grandes librairies : *Votre Destin est lié aux astres !* assurait son dernier titre et il était là, le volume, bien en vue dans la vitrine des Éditions de la Carène. C'est alors qu'il avait décidé de franchir le pas.

Huit jours plus tard, après avoir téléphoné d'une cabine pour s'assurer que Jean Leloup pouvait le recevoir, c'est avec une valise bourrée de douze manuscrits, des romans policiers jadis refusés un peu partout, qu'il était revenu rue Mayet.

— Tu n'as pas changé, lui avait assuré Leloup.

Aristide en doutait beaucoup car même s'il ne passait pas son temps à se contempler dans les miroirs, il savait bien que les rides commençaient à lui zébrer le front et les joues, que son crâne se dégarnissait et même que les cheveux blancs étaient en train de coloniser ses tempes.

Mais, par politesse, il avait lui aussi affirmé à son camarade qu'il était toujours le même. C'était faux car, si Jean Leloup n'avait guère vieilli et affichait une mine florissante, il avait encore grossi de dix bons kilos !

— Alors, que deviens-tu ? lui avait demandé l'éditeur en allumant un énorme cigare.

— Pas grand-chose, le train-train, et toi ?

— Moi ? Ça marche, peux pas me plaindre. Au fait, qu'est-ce qui t'amène ?

— Ça, avait dit Aristide en posant la valise sur le bureau et en l'ouvrant : Tiens, voilà de quoi lire, avait-il dit après avoir empilé les manuscrits sur la table.

— Ça sort d'où ?

— De là, avait expliqué Aristide en se frappant doucement le crâne.

— Sans blague ? Tu as pondu tout ça, toi ?

— Oui, moi. Je te les apporte pour que tu me dises ce que tu en penses, et comme je sais que tu as plusieurs collections de polars...

— Bien sûr, bien sûr... avait murmuré Leloup

en feuilletant l'un des manuscrits : John Calver, c'est le nom de ton héros ?

— Oui, on le retrouve dans tous les bouquins ; enfin tu verras bien si ça t'intéresse...

— Sait-on jamais. Mais quand même, tu es un petit cachottier, j'ignorais que tu écrivais ! Tu le faisais déjà quand on s'est retrouvé, il y a trois ans ?

— Oui, mais je n'étais pas assez sûr de moi et de mes histoires pour te les proposer. Depuis, je les ai beaucoup étoffées.

— Et tu as mis combien de temps pour pondre tout ça ?

— Bah ! Si ça t'intéresse, je peux te faire un polar par trimestre ! avait plaisanté Aristide.

— Très bien. Bon, je vais en lire un ou deux et donner les autres à mon comité de lecture, on verra bien...

— J'aurai une réponse dans combien de temps ?

— Reviens dans quinze jours. Mais, si ça se trouve, je te passerai un coup de fil avant.

— Non, non, je ne suis chez moi que très tard le soir, avait menti Aristide.

En fait, ses moyens financiers tout juste suffisants pour payer son loyer, se nourrir très chichement et faire le plein de son scooter ne lui permettaient pas de s'offrir un abonnement téléphonique.

— Alors d'accord, repasse dans deux semaines.

— Et c'est ce que j'ai fait, expliqua Aristide à Me Krazarutika, mais voyez-vous, maître, j'aurais mieux fait de ne jamais remettre les pieds dans ce bobinard, excusez mon langage, mais vous allez comprendre.

— Continuez, continuez, l'invita l'avocate, je suis tout ouïe !

* * *

Lorsqu'il était revenu aux Éditions de la Carène, quinze jours plus tard, Aristide avait compris qu'il allait essuyer un refus, un de plus, dès qu'il était entré dans le bureau de Leloup. La mine à la fois compassée et fermée de son camarade lui avait fait comprendre que l'affaire était réglée et que la réponse était négative. De plus, la pile de manuscrits, posée au bord de la table, attendait manifestement que quelqu'un, lui en l'occurrence, la reprenne au plus vite.

— Bon, il est indiscutable que tu sais écrire, si si, le français est bon, très bon même, avait commencé Leloup.

— Abrège, on gagnera du temps !

— Écoute-moi au moins ! Écoute un professionnel ! Bon, tu sais écrire, c'est sûr mais... tes histoires, tes personnages... J'en ai discuté avec mes lecteurs, avec ma femme aussi, elle a un œil impitoyable ! Bon, les aventures de ton Calver... Enfin bref ça ne tient pas la route. Voilà, tu peux tout reprendre...

— Que veux-tu que j'en fasse ? Et en plus, je n'ai pas de valise pour les embarquer ! avait dit Aristide en empoignant la liasse de manuscrits :

Tu permets ? avait-il demandé, puis, sans attendre la réponse, il avait lâché les douze classeurs et leur contenu dans la corbeille à papier : Voilà, terminé !

— Allons, allons, ne prends pas ça comme ça ! D'accord, c'est toujours vexant d'avoir travaillé pour rien. Mais crois-moi, tu sais écrire mais tu n'es pas du tout un romancier. Je te le dis en toute amitié et je m'y connais ! Tu sais ce qui te manque pour faire de bons et vrais romans ? C'est l'imagination, la passion, le délire, cette folie, cette audace, cette hardiesse, tout ce qui est indispensable pour faire un texte qui fonctionne et que le lecteur ne peut pas lâcher. Voilà ce qui fait la différence entre un véritable auteur et un banal besogneux. C'est comme ça et pas autrement...

— Bon, abrège. Tiens offre-moi un verre avant que je parte, j'ai du travail qui m'attend !

C'était faux car, une fois encore, excédé de se faire appeler Crobe, voire Croche par son patron de la pizzeria, il lui avait rendu son tablier après l'avoir invité à aller se faire admirer en Grèce.

— Tu veux un verre ? O.K. mais j'ai mieux à te proposer, beaucoup mieux. Assieds-toi, cesse de faire la gueule et écoute.

— Et c'est là, maître, expliqua Aristide, que je me suis fait piéger, totalement, comme un bleu...

— C'est passionnant, monsieur Klobe, continuez.

*
* *

— Voilà, avait poursuivi Leloup, comme je te l'ai dit, tu sais écrire, c'est certain. Or j'ai besoin de quelqu'un qui sache écrire en bon français. Mon rewriter – oui, c'est une façon distinguée d'appeler un nègre – tu sais ce que c'est qu'un nègre ? Bon, j'avais un gars excellent qui m'a mis en forme, donc qui a rédigé la majorité des mémoires d'acteurs, de chanteurs, de vedettes diverses, d'hommes politiques que j'ai édités depuis que je gère cette maison. Certains de ces bouquins, beaucoup même, ont fait un malheur. Bref, un de mes aimables confrères – un véritable enfant de salaud ! – a débauché mon spécialiste il y a huit jours. Or, j'ai justement passé un contrat avec une des stars actuelles de la chanson, un jeune crétin qui après avoir eu beaucoup de malheurs dans sa jeunesse, paraît-il, fait maintenant un nouveau malheur dans le show-biz. Il n'a pas trente ans mais il estime indispensable d'offrir ses mémoires à son public. Bon, c'est son problème, le mien est de trouver au plus vite quelqu'un capable de mettre en forme ses histoires. Alors voilà, si tu veux, pour commencer, je te branche là-dessus et je suis sûr que tu réussiras à m'écrire un texte fidèle au baratin du crooner et dans un style tout aussi plat que les paroles de ses tubes !

— Et voilà, maître, comment je me suis fait avoir, soupira Aristide.

— C'était pourtant une proposition honnête. Après tout vous étiez sans travail et, si je vous ai bien compris, vous aimez écrire, alors ?

— Eh oui, et c'est bien pour ça que j'ai accepté. Nous avons aussitôt discuté de mon salaire et j'ai signé un contrat en bonne et due forme, ce faisant je me suis mis les chaînes aux pieds.

— Tout était en règle ?

— Oui, hélas, tout ! Mais pour comprendre la suite il faut que vous sachiez que dans ce contrat, à l'article 6, il était stipulé que je m'engageais à ne jamais dévoiler le rôle que je tenais dans la rédaction des ouvrages que je fabriquais.

— C'est on ne peut plus logique, ni les histoires ni les souvenirs que vous transcrivez ne sont de vous, ils appartiennent à vos... disons clients !

— Certes. C'est ce que j'ai pensé pendant des années et comme j'étais correctement payé et que j'aime écrire j'ai tenu, oui j'ai tenu jusqu'au jour où... Mais je vais trop vite dans ma narration...

*
* *

Contrat en poche avec, de surcroît, une bonne avance sur son salaire à venir, c'est presque en chantant qu'Aristide était sorti du bureau de Leloup situé au quatrième et dernier étage. Pour la première fois de sa vie la chance lui souriait. Elle le choyait à un point tel qu'il n'avait pas du tout été surpris, alors qu'il descendait l'escalier, de croiser Bérénice Bérénices qui montait chez Leloup.

— Ça alors, voilà qui n'est pas banal ! s'était exclamée la jeune femme après un instant d'hésitation, c'est bien vous l'homme le plus chanceux du monde ! Attendez, votre nom c'est bien... Knock ? C'est ça, Fabrice Knock ! Celui qui n'est même pas venu me voir pour que je lui en apprenne davantage sur son brillant avenir, Fabrice Knock, c'est ça !

— Non, Aristide Klobe, avait souri Aristide qui, pour la première fois de son existence, ne s'était pas offusqué du massacre de son nom. (Puis, comme il était d'humeur euphorique il avait demandé :) Au fait, quel jour sommes-nous ?

— Le 18, pourquoi ?

— Ah ? Vous n'aviez pas prévu ça ! s'était-il amusé, vous m'avez dit que mon chiffre faste est le 13, comme quoi...

— Bah, l'un n'empêche pas l'autre, l'essentiel est d'avoir foi en son signe, en ses chiffres et en sa planète ! Mais que faites-vous là ?

— Secret professionnel, sachez simplement que je fais désormais partie de la maison, voilà...

— Alors on se reverra sûrement et j'en serai la première ravie... Moi, je viens proposer à Jean le sujet de mon prochain ouvrage, la sophrologie par le biais des astres ; mes précédents furent de tels succès qu'il me harcèle pour que je lui en écrive d'autres...

— Je comprends ça. Alors à bientôt ?

— À très bientôt j'espère ! avait lancé Bérénice en reprenant son ascension vers le quatrième étage.

Il avait noté qu'elle avait de très belles jambes et que ce qui était un peu plus haut, moulé dans la jupe, méritait aussi le coup d'œil. Il avait pensé que Leloup était un veinard, que la vie était magnifique et il était sorti des Éditions en sifflotant.

* *
*

— Treize ans, maître, treize ans sans comprendre ! J'ai travaillé treize ans, et travaillé comme un nègre, c'est le cas de le dire ! Vous n'avez pas idée de ce que j'ai pondu, et à un rythme ! insista Aristide.

— Mais vous étiez bien payé, non ?

— Oui, oui, c'était convenable et les à-côtés aussi, enfin si je puis dire..., avoua-t-il.

— Qu'entendez-vous par là ?

— D'abord, histoire de renouer les liens que nous avions tissés lors de notre service, j'ai souvent invité Leloup chez moi, en Sologne. Il a tout de suite trouvé la maison très agréable et confortable. Il adore la pêche et, de ce côté-là, j'ai pu le gâter. Mais il apprécie aussi beaucoup les week-ends un peu canailles. Alors, parfois, outre quelques fines bouteilles et de succulents repas qu'il faisait venir de l'auberge du Colvert, il arrivait aussi avec... disons son amie de fin de semaine. Laquelle était quelquefois accompagnée par une fille assez... assez disponible. Vous comprenez ? Bref, ces fois-là nous n'allions pas du tout à la pêche... Je m'excuse pour ces détails, mais...

— Continuez sans gêne, dans mon métier j'en ai entendu bien d'autres !

— Bon. Alors après avoir totalement mis en

forme les soi-disant mémoires du soi-disant chanteur que plus personne n'écoute et dont on ne parle plus mais dont l'ouvrage, mon ouvrage, fit dans les quatre-vingt-dix mille exemplaires, Leloup m'a aussitôt confié le soin de rédiger et de mettre au propre les mémoires, assez intéressants il faut le dire, mais d'un style épouvantable qui demandait donc beaucoup de travail, d'un ancien ministre, un vieux crabe de la IVe République. Ça a pas trop mal marché. Après quoi, je me suis attelé aux souvenirs, plutôt légers et olé olé, d'une ancienne danseuse qui avait fait les belles soirées du Moulin-Rouge ; là encore le résultat fut correct. C'est alors que Leloup m'a confié le soin de composer un autre livre de Bérénice Bérénices : *Votre galaxie et moi !* En fait, avant d'en arriver là, il ne m'a pas fallu longtemps pour comprendre que ladite Bérénice, outre ses prétendus dons de voyance et sa tout autant prétendue connaissance des astres, était surtout excessivement portée sur la bagatelle. J'irai jusqu'à dire, maître, et en espérant ne pas vous choquer, qu'elle est totalement nymphomane, folle de son corps... Et j'ai compris beaucoup trop tard que cet enfoiré de Leloup, excusez mon langage, que cet enfoiré, s'il était ravi de gagner beaucoup avec les divagations de Bérénice, n'en pouvait vraiment plus des pulsions physiques de cette créature. Pour résumer, autant il était enchanté de ce que lui rapportait sa prose, autant il était épuisé par le reste... De plus, coureur comme il l'était – et l'est toujours – Bérénice lui faisait des scènes terribles parce qu'il la négligeait, c'est du moins ce qu'elle disait, et sa femme, qu'il trompait toujours autant, d'autres scènes tout aussi violentes puisqu'elle le menaçait du divorce ! C'est vous dire l'ambiance ! Bref, en plus du travail que me demandait la fabrication du nouvel ouvrage de Bérénice, il m'a quasiment jeté cette dernière dans les bras...

— Je vois, opina Me Krazarutika avec un gentil sourire. Et ensuite ? insista-t-elle.

— Ensuite, ensuite... Vous savez... Enfin peut-être pas, je ne sais pas, moi, bafouilla-t-il en rougissant ; bon, elle était comment dire, très... très...

— Je n'en doute pas, mais peu importe, nous nous éloignons du sujet et je ne vois toujours pas les motifs qui justifient votre accusation.

— Si si ! C'est à cette époque que j'ai commencé à prendre Leloup en grippe. Non pour le travail qu'il me donnait mais pour s'être débarrassé de Bérénice en l'expédiant dans... mon lit. Oserais-je vous avouer qu'elle m'a beaucoup plus épuisé que la rédaction de ses élucubrations interplanétaires. Elle était insatiable, toujours en manque, à n'importe quelle heure du jour et de la nuit ! Je ne trouvais même plus le temps de rédiger quoi que ce soit ! C'est vrai, il faut bien reprendre des forces de temps en temps, donc dormir ! Alors j'ai commencé à avoir des mots avec Leloup qui trouvait que le manuscrit attendu n'arrivait pas assez vite. Mais on ne peut pas tout faire, n'est-ce pas, et surtout pas deux choses à la fois ! C'est donc avec beaucoup de retard que j'ai remis le travail. Entre-temps, pour en voir enfin le bout, j'avais exigé de Bérénice qu'elle ne mette plus les pieds chez moi. Du coup, elle est revenue avec Leloup, il n'était pas content du tout et m'a reproché d'avoir beaucoup trop traîné pour écrire le bouquin !

« Fallait pas me jeter cette fille, complètement dingue, dans les pattes ! » lui dis-je.

« Personne ne t'a obligé à sortir du cadre professionnel ! »

— Il n'avait pas tout à fait tort, coupa Me Krazarutika.

— J'aurais voulu vous y voir ! Enfin non, excusez-moi... Bref, outre le fait que je ne l'avais pas débarrassé de Bérénice et du retard dans la remise du manuscrit, le livre marcha assez mal, beaucoup moins bien que prévu. Et Leloup ne se priva pas de dire que c'était ma faute ! Malgré cela, bon an mal an, nous avons continué à travailler ensemble. Comme malgré les ouvrages de commande il me restait parfois un peu de temps libre, j'ai de nouveau et très vite écrit quatre autres romans policiers. Je les ai proposés à Leloup qui, une fois de plus, les a refusés sous prétexte qu'ils étaient nuls et qu'il ne me payait pas pour que je perde mon temps à écrire ce genre de débilité ! Débilité, oui, c'est ce qu'il m'a dit. Et, uniquement pour me vexer, il a lâché mes manuscrits au-dessus de sa corbeille à papier, ah le voyou ! Il espérait que j'allais me mettre à genoux pour les récupérer, c'était mal me connaître ! Une fois de plus, on s'est quittés fâchés. Mais il faut bien vivre, alors j'ai continué à travailler pour les célébrités, les aventuriers, les comédiens, bref la routine jusqu'au jour où, voici deux ans, le ciel m'est tombé sur la tête. Pour bien comprendre, maître, il faut que vous sachiez que je ne lis plus les ouvrages contemporains, quels qu'ils soient ; et pas non plus les journaux que je feuillette seulement quand je vais chez le dentiste, chez le coiffeur ou encore c'est plus rare mais ça m'arrive, lorsque je prends le train. Vous allez comprendre maître, nous touchons au but...

*
* *

C'est en se rendant sur la Côte, non loin de Menton où résidait une actrice hors d'âge et totalement décatie mais néanmoins désireuse de laisser à la postérité un témoignage sur ses frasques, ses coucheries et sa carrière d'artiste, qu'Aristide avait dû emprunter le train.

— Tu pourrais aller en avion jusqu'à Nice et prendre ensuite un taxi, lui avait dit Leloup, mais baste, ça fait des frais. De plus, comme le train est plus long, ça te permettra, à l'aller, de préparer tes questions, et au retour de commencer à mettre les réponses en forme. Je te donne une semaine pour écouter et enregistrer ce que te dira la diva – tu parles ! Allez, bon vent, et ne va pas me descendre au Negresco ou aux Ambassadeurs, je le prendrais mal. D'autant plus mal que je ne suis pas certain que les souvenirs de cette ruine excitent beaucoup le public ; mais sait-on jamais, il faut voir, alors vas-y.

Magnétophone et carnet de notes en poche, Aristide avait donc pris le train, une place de seconde par économie car Leloup épluchait les notes de frais à la loupe.

C'est à Lyon-Perrache qu'un voyageur était descendu en abandonnant sur la banquette le roman qu'il n'avait pas quitté depuis le départ et dont il venait de finir la lecture. Seul dans le compartiment, donc très tranquille, Aristide avait jeté un coup d'œil sur la jaquette. On y voyait une superbe blonde, pulpeuse à souhait et très dépoitraillée, P. 08 en main. Le titre : *Elle adore les faire valser !* L'auteur : Jack Smart. Le volume était édité dans la collection « Les nuits rouges », une de celles produites par Leloup.

« Ça doit être gratiné », avait pensé Aristide en feuilletant le volume. Il n'avait jamais ouvert un seul ouvrage publié par Leloup, pas même ceux qu'il avait écrits. Il avait à peine lu quelques lignes qu'il avait bondi, au risque de se cogner la tête contre l'étagère à bagages. Toujours debout, sueur au front, il avait fébrilement parcouru quelques autres passages au hasard des pages et s'était enfin rassis, jambes coupées.

« Mais c'est de moi, tout ça ! C'est mon texte, intégralement mon texte ! Et je sais même qu'il est tiré du dixième polar que j'ai écrit il y a des années ! Le titre était : *Calver passe à l'attaque !* Quel est le pourri qui... ? »

Puis il s'était revu, plusieurs années plus tôt,

jetant ses douze premiers manuscrits dans la corbeille à papier de Leloup après son méprisant refus.

« C'est pas possible, il n'a pas osé ? Eh bien si ! avait-il conclu après avoir lu un peu plus : Tout ça est de moi ! Il a juste changé le nom de l'auteur, du héros et le titre. En plus, il a fait quelques découpes différentes des miennes, c'est tout. Mon principal personnage s'appelait Calver, il en a fait un dénommé Kevin Claver ! Je t'en foutrai, moi, des Kevin Claver ! Ah ! le salaud ! »

Pour lui, il ne faisait aucun doute que Jean Leloup était l'auteur de cette incroyable escroquerie. Une magouille qui devait durer depuis longtemps puisque, en quatrième de couverture, Jack Smart, cet imposteur, ne se privait pas de dire que ce volume était le dixième de la collection, en attendant la suite.

« Ça m'apprendra à me tenir au courant de ce que publie la maison. Quel âne je suis ! Leloup doit bien rire, quel voyou ! Mais il va m'entendre et me payer ce qu'il me doit ! »

Puis, s'était tout de suite posée pour lui la question de savoir comment il allait désormais pouvoir rencontrer Leloup sans lui expédier aussitôt son poing dans la figure ; c'était tout ce qu'il méritait et, de toute façon, très insuffisant pour solder cette scandaleuse filouterie.

« Que va-t-il pouvoir me dire pour sa défense ? Tel que je le connais il a dû prévoir le coup, c'est un vicieux. Alors inutile de l'attaquer de front. Il faut que je gère tout ça en douceur, sans brutalité, exactement comme il faut sortir de l'eau une carpe de vingt livres, avec du doigté et de la technique. Oui, voilà comment je dois agir. »

Malgré cela et bien qu'il s'attendît à forte résistance, retour de Menton avec en poche de quoi remplir quelque deux cent cinquante pages, c'est en s'efforçant de sourire qu'il avait déposé sur le bureau de Leloup : *Elle adore les faire valser !*

– On peut dire que tu as mis le temps ! avait dit l'éditeur d'une voix très tranquille.

— C'est ta seule explication ?

— Oui, pourquoi ?

— Mais c'est de l'escroquerie pure et simple ! Ce sont mes bouquins que tu publies et avec eux tu t'en mets plein les poches sans me verser un kopeck de droits d'auteur ! Et elle dure depuis combien de temps cette magouille ?

— Trois ans, mon vieux... Tu te souviens quand Pat Roberson est mort – enfin pour nous il était d'abord Julien Martin, l'inventeur des aventures de Jim Poker. Bon, lui disparu, j'ai eu un trou dans ma collection de polars, voilà...

— Comment ça, voilà ?

— J'avais gardé les tiens sous le coude en me disant que, peut-être, un jour, pour boucher un trou... Et j'ai eu le nez creux, comme toujours !

— Tu es vraiment un pourri ! Tu t'engraisses à bon compte car je suis certain que mes romans fonctionnent à plein !

— C'est correct ; j'ai des lecteurs très fidèles, ils sautent sur toutes mes nouveautés.

— Je rêve ou quoi ? Tu dis MES comme si ces

romans étaient de toi alors qu'ils m'appartiennent ! De plus, tu m'as toujours dit qu'ils étaient nuls !

— Oui, ils l'étaient ! Grâce à moi ils sont devenus bons. Tu veux ma recette ? D'abord, avec ma femme, nous avons fait quelques coupes, çà et là, tu as tendance à être très verbeux, souvent redondant même. Ensuite nous avons donné du suspense en inversant certains passages, ça c'est mon travail d'éditeur. Moi, je ne sais pas écrire mais je sais ce qui fonctionne, et comment ça fonctionne.

— Mais ça reste MON œuvre !

— Pas du tout. Tu veux savoir pourquoi ? D'abord tu signais Aristide Klobe ! A-t-on vu un nom plus ridicule !

— C'est le mien ! J'y tiens et je t'interdis de...

— Ne t'excite pas, je maintiens qu'il est ridicule, grotesque et surtout pas du tout grand public. Qui veux-tu qui achète un livre signé Aristide Klobe, c'est bouffon, aucun libraire n'accepterait de le vendre. Aucun critique, sous peine de faire rire aux larmes ne voudrait en parler. Tandis qu'avec mes transformations...

— Quelles transformations ? Mot à mot tout le texte est de moi !

— Ça, il faudra le démontrer.

— Tu rigoles ? J'ai les originaux, les vrais manuscrits !

— Et alors ? Rien ne prouve que je ne te les ai pas inspirés de A à Z ! Mais nous réglerons tout à l'heure ce détail. Bon, je vois que tu commences à comprendre. D'abord que c'est moi, et moi seul qui ai conquis les lecteurs. Moi ! Ensuite parce que, outre ton nom, imprononçable, tu avais baptisé ton héros du nom stupide de Calver ; c'est ridicule phonétiquement parlant, ça pue la bondieuserie et les calvaires bretons ! Tandis que moi, avec un héros qui a pour nom Kevin Claver, ça a de la gueule, ça fait américain. Quant à l'auteur : Jack Smart, c'est distingué, c'est la classe !

— Tu parles, ça pue l'arnaque, oui ! Et ton fameux Claver, phonétiquement parlant et pour reprendre ton expression, il est pitoyable car c'est un nom de champignon ! Tu n'as bien sûr jamais entendu parler des clavaires, naturellement, j'ai toujours su que ton inculture était abyssale !

La réflexion avait un peu décontenancé Leloup, mais pas longtemps.

— Peu importe ! Mes lecteurs sont encore plus nuls que moi et ils ignorent donc sûrement cette homonymie ! Et puis ils s'en foutent, tout ce qu'ils veulent c'est que MON Kevin Claver les fasse rêver, un point c'est tout.

— Je vais te foutre au tribunal, oui !

— Allons donc ! Ta plainte ne tiendra pas la route cinq minutes, et si tu insistes, c'est moi qui te ferai un procès, en bonne et due forme. Eh oui, avait ajouté Leloup devant l'air stupéfait d'Aristide, j'ai un contrat paraphé de ta main qui stipule que je t'engage pour transcrire, au mieux, ce que je te dis d'écrire, mémoires, souvenirs, romans, etc. C'est bien spécifié à l'article 6, relis-le, tu comprendras. Alors, comment pourrais-tu prouver que tu n'as pas pondu tous ces polars sous mon inspiration, avec les personnages et les trames que je t'ai donnés, hein ? Je te paie ton travail tous les mois, aucun tribunal ne me condamnera. D'ailleurs je te connais, tu n'auras pas la sottise d'aller en justice, tu sais très bien que tu y laisserais ta chemise !

— Oui, oui, avait murmuré Aristide qui avait dû prendre sur lui pour ne pas lui sauter à la gorge.

« Ce fumier ! Sûr que je le tuerai un jour ! avait-il pensé, il ne mérite rien d'autre ! Je le tuerai ! Mais il faut que je cache mon jeu, il ne faut pas qu'il se méfie, il doit me croire vaincu sans rémission. Alors du calme Aristide, du calme. »

— D'accord, avait-il fini par dire, mais je pense quand même qu'il serait honnête, et sympa, que tu m'accordes une petite augmentation pour avoir pondu, sous ta dictée et avec tes idées, tous ces romans policiers dont tu fais ton beurre.

— Sacré Klobe, va ! Tu n'as aucune imagination, c'est pour ça que tes romans étaient nuls et le seront toujours, mais tu piges vite. D'accord, je préviendrai la compta, tu l'auras ton petit bonus. Et puis, si d'aventure tu me fabriques à ma façon, d'autres polars comme, par exemple, la suite des aventures de mon cher Kevin Claver, je penserai à t'intéresser un peu aux ventes, ça te va ?

— Ça va, avait murmuré Aristide.

Mais il avait baissé les yeux pour que Leloup n'y décèle pas les lueurs meurtrières qui y palpitaient.

4.

— Voilà, maître, maintenant vous savez presque tout, dit Aristide.

— Oui, je connais les mobiles mais j'ai besoin de connaître la suite, je veux dire ce qui motive l'accusation qui pèse sur vous. Je veux savoir comment vous vous y êtes pris pour la mériter et comment vous vous êtes fait prendre, demanda Me Krazarutika.

— Oh ! pour ce qui est de me faire prendre, c'est facile, j'ai passé ma vie à me faire prendre, toujours, à chaque fois, ça ne rate jamais ! C'est sans doute ce que cette folle de Bérénice appelle ma chance, ah oui, fameuse chance !

— Ne soyez pas pessimiste, elle peut tourner.

— Vu mon âge il serait temps ! Non non, maître, croyez-moi, chaque fois que j'ai voulu me venger de toutes les méchancetés et rosseries qu'on m'a fait subir, j'ai toujours tout raté, toujours !

— C'est peut-être ça votre chance car ça vous

évitera sans doute quinze ou vingt ans de prison. Il y a une marge entre une tentative d'assassinat et un assassinat réussi, alors expliquez-moi tout.

— Vous allez vous moquer de moi, oui, sûrement, mais bon. Quand j'ai dit tout à l'heure que j'avais décidé de tuer Leloup c'était vrai. Enfin ça a été vrai, disons quelques jours. Après j'ai réfléchi et je me suis un peu calmé, comme toujours. Je me suis dit pour finir que si ce salaud méritait vraiment une bonne et solide leçon il ne méritait quand même pas la mort. Parce que si on doit se mettre à tuer tous les gens qui vous font des crasses, il n'y aura plus grand monde sur terre ! Donc, sans vouloir pour autant l'envoyer en enfer, je voulais quand même que ce pourri en bave un peu, physiquement j'entends. Je ne pouvais pas le toucher autrement, je veux dire financièrement ou légalement ; sur ces points il est beaucoup plus fort que moi, armé jusqu'aux dents ! J'ai donc patienté quelques mois et j'ai préparé ce qui pouvait passer pour un accident, du genre bras ou jambes cassés, ou mieux, petite fracture du crâne ou des côtes.

— Je vous arrête tout de suite ! coupa Me Krazarutika, n'allez surtout pas avouer ça au juge, vous n'avez pas commis cette erreur au moins ?

— Non, mais je sais que cette vieille vache me tient quand même pour coupable, même sans mes aveux.

— Nous verrons ça plus tard, continuez.

— Oui, je voulais qu'il souffre un peu, pas mal même. Je lui aurais alors rendu visite à l'hôpital pour me foutre de lui, ça lui aurait sapé le moral et ça m'aurait fait tellement plaisir, c'était pas très méchant.

— Voilà un point de vue que je ne partage pas du tout, même si je comprends que vous ayez ressenti ce besoin de vengeance. Mais bon, vous n'êtes pas venu me voir pour que je vous juge, mais pour que je vous défende, alors ne tenez pas compte de mon appréciation à propos du mot méchant.

— Bon, je vois que je vous ai choquée, mais avouez quand même !

— Je n'avoue jamais, continuez.

— Vous ai-je dit que, rue Mayet, son bureau était au quatrième et dernier étage ?

— Oui.

— C'est un vieil immeuble et s'ils ont, depuis juin de cette année, fait installer un ascenseur, jusque-là il fallait grimper à pied pour atteindre le Saint des Saints, le bureau directorial. Vous me suivez ?

— Oui, même si je ne vois pas où vous voulez en venir.

— Vous connaissez quelque chose à la pêche ?

— Absolument rien et je ne vois pas...

— Mais si ! Moi j'adore la pêche, comme cette crapule de Leloup, nous en reparlerons... Bref, comme j'aime la pêche j'ai tout ce qu'il faut pour la pratiquer et, entre autres, tous les fils qui s'imposent suivant les poissons que l'on veut sortir de l'eau.

— D'accord, mais je ne vois toujours pas...

— Attendez ! Supposez, je dis bien supposez que vous-même vouliez me faire dégringoler l'escalier quand je sortirai d'ici tout à l'heure, comment feriez-vous ?

— Je vous pousserais, peut-être...

— Non ! Très mauvaise idée car je saurais aussitôt que vous êtes responsable, donc coupable de ma chute. Moi, je ne voulais pas être responsable et pas même soupçonné. Du moins pas plus que la bonne quinzaine de personnes qui travaillent aux Éditions et qui, j'en suis sûr, ont toutes envie de tuer Leloup. Alors, un soir de février de cette année, quand presque tout le monde était parti, je suis discrètement monté jusqu'au quatrième. Je savais que Leloup était là et qu'il restait souvent très tard. J'ai sorti de ma poche ma bobine de fil de pêche, du costaud, du dix kilos, capable de tenir les plus grosses prises de Sologne. Du très solide et de l'invisible et je l'ai tendu à hauteur des genoux, non un peu plus bas, à mi-mollets. Travail impeccable, piège imparable, placé à la troisième marche en partant du haut. C'est alors que j'ai entendu monter quelqu'un, je ne savais qui, ni si cette personne allait s'arrêter avant le quatrième. Dans le doute, pour me cacher, je me suis silencieusement glissé dans les toilettes ; elles sont sur le palier. C'est en ressortant, quand l'alerte fut passée, que je me suis cassé le nez sur Leloup.

« Ah ! Tu tombes bien, toi, m'a-t-il dit, je te cherchais, j'ai essayé de t'avoir à ton bureau et j'ai cru que tu étais parti. Mais puisque tu es là, entre dans mon bureau et sers-toi un verre, le temps de passer aux toilettes et je suis à toi. » Et voilà, maître, la fin de l'histoire.

— Comment ça ? Je ne comprends rien.

— Ah ! On voit que vous ne me connaissez pas. Tenez, d'ici à huit jours, car alors j'aurai fini de le relire, je vous donnerai mon dernier manuscrit, c'est toute mon histoire. Je n'ai pas encore le titre mais il n'est pas impossible que je lui donne celui de : *Vie et mœurs d'un crétin malchanceux.* Vous le lirez et il vous aidera sûrement lorsque vous devrez plaider mon innocence, grâce à lui vous ne manquerez pas d'arguments, je le jure !

— Peut-être, mais nous nous égarons.

— Pas du tout, maître, pas du tout, soupira Aristide. Voyez-vous, ce soir-là, Leloup voulait me parler d'un projet qui lui tenait à cœur. La mode étant toujours aux romans du terroir et comme il connaissait mes attaches solognotes, il voulait que je lui fabrique, selon son plan et ses idées, un roman qui se situerait du côté de chez moi ; une belle histoire, avec de pauvres, besogneux et honnêtes paysans, de sympathiques braconniers, de très méchants et fourbes gardes-chasses et de perfides, injustes et affreux châtelains. Il avait déjà le titre ! Il voulait appeler ce roman : *Des alouettes aux renards !* Ça aurait pu, à la rigueur, m'intéresser si j'avais pu mener ça à ma guise et surtout signer de mon nom. Mais, pour lui, c'était hors de question et il tenait essentiellement à ce que je suive ses directives dans les moindres détails, comme d'habitude quoi, comme le bon nègre que je suis. Je lui ai donc suggéré de trouver un autre homme de paille. Il m'a traité de jean-foutre et, une fois de plus, on s'est quittés fâchés. C'était banal mais sans lendemain puisque, depuis peu, nous avions repris nos parties de pêche communes, chez moi. Tout ça pour dire que je suis sorti très énervé de son bureau. Vous voyez la suite cette fois ?

— Ne me dites pas que... pouffa Me Krazarutika.

— Si !

— Vous vous êtes pris les pieds dans votre propre piège ? C'est pas possible !

— Si si, avec moi toutes les malchances sont au programme. La seule petite chance que j'ai eue ce soir-là est que le fil a cassé et que nul ne l'a retrouvé ou que, si tel fut le cas, n'a fait le rapprochement avec ma chute. Car en ce qui me concerne, j'ai dégringolé jusqu'à l'étage du dessous. Je me suis fendu le crâne et, une fois de plus, cassé le bras, le gauche. Et voyez-vous maître, alors que j'étais presque K.-O., que j'avais la tête en sang et un mal de chien, j'entends encore ce fumier de Leloup, oui il était quand même venu m'aider à me relever, je l'entends encore me dire :

« Tu es vraiment nul ! Même pas foutu de descendre un escalier sans te casser la gueule ! Enfin, heureusement que tu ne t'es pas cassé le pied, tu n'aurais plus pu écrire ! »

« C'est original comme blague, n'est-ce pas, maître ? Et surtout c'est aussi neuf que l'almanach

Vermot ! Mais il est comme ça, Leloup, et vous ne trouvez pas que ça mérite des représailles ?

— Mon avis importe peu. Mais puisqu'il n'a pas pu vous accuser de ce traquenard, j'attends la suite, vous avez récidivé ?

— Bien sûr, pas plus tard que le mois dernier...

— Je vous écoute.

*
* *

Dans l'impossibilité de conduire son scooter d'une seule main, c'est une fois son bras déplâtré qu'Aristide avait pu revenir passer ses week-ends à la Grébière. Et c'est là, au calme et dans la totale solitude qu'il appréciait que sa rancœur envers Leloup, loin de s'atténuer, était repartie de plus belle. Car plus il y pensait, plus l'attitude de son ex-camarade méritait un juste châtiment. Tout en lui, toutes ses réflexions, toutes ses actions appelaient une légitime vengeance.

C'est parce qu'il savait que Leloup, pour satisfaire sa passion de la pêche, avait l'habitude de pousser sa barque jusqu'à un petit ponton situé au milieu de l'étang, de grimper là et de tremper son fil, que l'idée lui était venue.

« Voyons, voyons, avait-il calculé, Leloup m'a toujours dit qu'il détestait l'eau et qu'il ne savait pas nager. Il faut donc que je trouve le moyen de lui faire boire la tasse, pas le noyer complètement mais si j'arrive à lui faire avaler un bon litre d'eau sale, je m'estimerai, sinon vengé, du moins content. Car, outre sa baignade forcée et son estomac plein d'eau croupie, il n'est pas interdit d'espérer qu'il attrapera la solide bronchite qu'il mérite. Et encore, j'estime être bien gentil avec ce pourri, d'autres que moi l'auraient égorgé depuis longtemps ! Oui, un bon bain lui fera le plus grand bien et, comme c'est moi qui le sortirai de l'eau, il sera bien obligé de reconnaître qu'il me devra une fière chandelle. Et je ne me priverai pas de le lui rappeler, à temps et à contretemps et devant témoins. Avec un peu de chance, tout le Paris snobinard qu'il fréquente sera vite au courant de sa mésaventure et il passera pour un pauvre crétin car qui, de nos jours, ne sait pas nager ? »

C'est en se souvenant à quel point il était périlleux de se tenir sur le ponton de bois lorsque le gel sévissait – les planches toujours humides devenaient une patinoire – qu'il avait décidé d'agir. Mais on était début septembre, un vendredi, Leloup s'était invité pour le lendemain et il ne fallait pas compter sur l'aide de la météo car le temps du gel était loin, il faisait un temps superbe.

« Bon, je pourrais scier aux trois quarts les barreaux de la petite échelle qui permet de grimper sur le ponton. Mais le propriétaire s'en apercevra lorsqu'il apprendra que Leloup a pris un bain. Et puis il ne sera pas content que j'aie saboté son bien. Reste la glissade imparable juste au bout des planches, là où Leloup ouvre son pliant et s'installe... »

C'est ainsi, sûr de son coup, qu'il avait grimpé sur le ponton, seau de savon noir en main ; un savon dont il avait renforcé la traîtresse texture en y mélangeant un litre d'huile d'arachide.

« Cette fois, je ne me ferai pas prendre ! » s'était-il juré tout en étalant sa vicieuse mixture. Car il n'en était pas à son coup d'essai avec le savon. Déjà, dans sa jeunesse, alors qu'il était en classe de quatrième, il en avait enduit le tableau de la salle de cours. Bien entendu il avait été pris en flagrant délit par le surveillant général et avait écopé de huit heures de colle !

« Non, je ne me ferai pas prendre ! Cette fois, il n'y aura pas de témoins. Et demain Leloup fera plouf et moi je hurlerai de rire avant de l'aider, peut-être, à sortir de l'eau ! » s'était-il réjoui en prenant un peu de recul pour juger de son travail.

Il était invisible ; aussi invisible que le seau vide qu'il avait bêtement posé derrière lui...

C'est en maudissant le ciel, toutes ses planètes et étoiles réunies, Leloup et ses bassesses et même cette chaude garce de Bérénice et ses calculs idiots qui lui avait prédit tous les bonheurs du monde qu'il avait basculé dans l'étang.

Trempé, couvert de lentilles d'eau et de vase, il avait rejoint sa maison en grelottant car l'eau était très fraîche. Comble de l'ironie, alors qu'il venait de mettre ses vêtements à sécher devant le feu, un coup de téléphone de Leloup lui avait annoncé qu'il ne viendrait pas avant quinze jours ; il s'était entiché d'une belle et fougueuse rousse qui ne voulait en aucun cas venir roucouler dans ce coin perdu de Sologne. D'ailleurs elle détestait la pêche, la chasse, la nature, tout ce qui sentait la campagne !

— Ce salaud ne perd rien pour attendre ! Il me paiera tout en bloc ! avait maugréé Aristide en frissonnant.

** **

— C'est pas possible, vous le faites exprès, vous me racontez des blagues ! lança Me Krazarutika qui avait maintenant beaucoup de mal à conserver son sérieux.

— Même pas, j'ai pas besoin de faire exprès, je vous l'ai déjà dit, maître, je suis poursuivi par la guigne. La preuve, à cause de mon bain forcé j'ai passé le reste du week-end au lit, avec près de 40° de fièvre et j'ai traîné un rhume carabiné pendant plus d'une semaine !

— Mais, si je comprends bien, tous ces ratés dans vos plans de vengeance ne vous ont pas pour autant dégoûté et vous avez une fois de plus récidivé...

— Bien entendu ! Et là, ça a réussi, enfin presque...

— Dites-moi tout, vous avez encore voulu monter une sorte d'accident ?

— Non, non, j'ai trouvé beaucoup mieux, plus simple et là, ce fut imparable. D'ailleurs j'aurais dû y penser beaucoup plus tôt et je me serais évité un bras cassé et un bain forcé. Quant à Leloup, il aurait enfin payé pour toutes ses escroqueries.

— Tout ça ne me dit pas comment.

— C'est simple. Je ne sais pas si je vous l'ai dit mais j'ai une véritable passion pour la mycologie. C'est une science très compliquée, pleine d'embûches et de risques, qui demande beaucoup d'attention et de longues années de pratique. Elle m'enthousiasme depuis mon enfance et j'ose dire, en toute modestie, que je commence à bien m'y retrouver parmi les quelques centaines d'espèces qui poussent dans nos bois ; en fait, avec les sous-espèces il y en a des milliers et...

— D'accord, coupa Me Krazarutika, j'ai bien saisi tout l'intérêt que vous portez à ces légumes.

— Ce ne sont pas des légumes ! protesta Aristide, ce sont des cryptogames, des plantes dont les organes de...

— Soit, soit ! Mais je ne vois toujours pas le rapport avec ce qui vous a amené devant la justice.

— La gourmandise...

— Pardon ?

— Oui, oui. Leloup, outre les femmes, adore la chasse, la pêche mais aussi la bonne cuisine. Il est gourmand comme un chartreux – le chat, pas le moine, quoique... Quand il descendait en week-end c'était souvent lui qui s'occupait de l'intendance. Mais parfois, quand nous avions fait une bonne pêche, je préparais un brochet, trois ou quatre beaux rotengles ou une grosse tanche ; et je dois dire que je m'y entends assez bien en cuisine. Par exemple, je réussis à merveille les omelettes aux champignons...

— Ah ?

— Oui. Aussi lorsque Leloup est enfin venu, à

la fin du mois dernier et quinze jours après mon bain – il m'avait prévenu qu'il serait seul –, j'avais eu le temps de me consacrer à mon passe-temps favori, la cueillette des champignons. Voyez-vous, cet automne nous avons eu une très belle pousse, bien meilleure que celle de l'année dernière qui, pourtant...

— Au fait, monsieur Klobe, au fait !

— Oui, d'accord. Tout ça pour vous dire qu'en cette fin septembre il y avait une prolifération d'espèces tout à fait remarquables. Certaines même qui, d'habitude, croissent surtout au printemps y allèrent de leur sortie. Quel bonheur pour moi ! Quand j'ai constaté ça j'ai tout de suite su ce qu'il fallait que je fasse ; pour une fois le ciel était de mon côté. Connaissez-vous les coprins ?

— Quels copains ?

— Non, pas les copains, les coprins ! Quoique vous ayez vu juste, les champignons sont mes copains, ils ne font pas de bruit et ne dérangent personne, sauf ceux qui les ramassent sans les connaître... Oui, les coprins, ou pour être plus précis *coprinus*. C'est un groupe très excitant, il est composé de plus d'une vingtaine de variétés dont deux nous intéressent au plus haut point. Frais, ils sont comestibles, très bons, et ce sont les coprins chevelus *coprinus comatus*, et le coprin noir d'encre ou si vous préférez *coprinus atramentarius*. Pour un spécialiste, il n'y a pas de confusion possible lors du ramassage, mais pour un béotien... De toute façon, Leloup ne s'est jamais occupé de la cueillette, seules l'intéressaient mes omelettes ; il les aimait très baveuses, avec pas moins de quatre œufs, une grosse portion de champignons bien frits et une très légère touche de persil. L'idéal pour la cuisine est la graisse d'oie et...

— Je vous rappelle, monsieur Klobe, que l'heure tourne !

— Oui, maître, veuillez m'excuser, où en étais-je ?

— À votre omelette aux copains.

— Non, aux coprins !

— Soit, continuez.

— Je ne vous ai pas tout dit sur ces chers coprins. Certes, ils sont tous les deux comestibles et succulents, mais l'un est un grand vicieux, un faux frère pour qui ignore sa particularité, laquelle, si l'on n'y prend garde, augmente dans le sang le taux de glutamine et de cyclopropanol qui, ensuite...

— C'est bon, je vous crois sur parole ! Vous parliez de sa particularité, que vous connaissez, naturellement ?

— Bien entendu. Et c'est grâce à cette spécificité que j'ai enfin pu coincer Leloup. Vous n'avez pas idée du plaisir que j'ai ressenti quand il a commencé à se sentir mal, moins d'une heure après avoir dégusté mon omelette...

— J'aimerais comprendre et surtout savoir comment vous avez pu l'empoisonner sans que vous-même tombiez malade, car je présume que vous avez mangé avec lui la même omelette !

— Non, justement, pas la même. Moi, je les

aime bien cuites et lui baveuses. Alors c'est simple, d'un côté j'ai préparé mes coprins chevelus, les bons, de l'autre les vicieux, les noirs d'encre. J'ai d'abord fait cuire ceux-ci pour Leloup qui a sauté sur l'omelette dès qu'elle fut dans son assiette ; pendant ce temps, j'ai préparé ma portion tout en le regardant s'intoxiquer avec sa gourmandise habituelle. Quel tableau !

— Et si vous m'expliquiez ce qui différencie vos champignons...

— C'est très simple, celui que j'ai réservé à Leloup ne supporte pas d'être dégusté si on l'accompagne de la moindre goutte d'alcool. Avec de l'eau, il passe on ne peut mieux, un demi-verre de vin le rend très indigeste et comme Leloup avait presque vidé sa bouteille en mangeant... Sans oublier deux whiskies en apéritif et un ballon de cognac pour pousser le tout... Je vous laisse juge du résultat.

— Mais vous pouviez le tuer ! Quant à la magistrate, si elle apprend ça, votre compte est bon ! Vous l'avez bel et bien empoisonné.

— N'exagérons rien, il n'est pas mort. Et puis ce n'est pas moi qui l'ai obligé à boire comme un chameau, ce qui a beaucoup amplifié les effets pervers de mon copain de coprin !

— Il n'empêche, elle est là votre préméditation d'homicide volontaire !

— Toujours les grands mots ! Croyez-moi, Maître, si j'avais vraiment voulu le tuer c'est avec quelques amanites vireuses ou phalloïdes que j'aurais confectionné son omelette, et là, pour le

96

coup, avec ou sans alcool... Non, avec les coprins noirs d'encre je savais qu'il serait malade, mais pas au point de casser sa pipe. Au mieux, j'avais prévu qu'il passerait sa nuit aux toilettes avec un sérieux mal aux tripes et non dans son lit, et c'est là que j'aurais rigolé en lui rappelant toutes ses vilenies. C'est d'ailleurs ce que j'ai commencé à faire quand j'ai constaté qu'il avait la sueur au front, qu'il rougissait, se tenait l'estomac et geignait lamentablement. Puis j'ai vu qu'il s'était endormi, là, dans son fauteuil, devant le feu et qu'il me gâchait mon plaisir puisqu'il n'entendait pas tout ce que j'avais sur le cœur et que je lui débitais. J'étais furieux et j'ai pensé que la dose de coprins était insuffisante, je m'en voulais vraiment de ce nouveau ratage. Alors j'ai commencé à l'insulter en le traitant de tous les noms, je me suis défoulé ! Je lui ai même dit que je l'avais empoisonné pour de bon avec des lépiotes brun incarnat, des tueuses celles-là, qu'il était donc foutu et qu'il allait crever. J'en ai rajouté quoi, pensant qu'il dormait comme un veau repu ! Bref, j'ai agi comme un crétin puisque j'ai été jusqu'à lui ressortir le coup de l'escalier. Je lui ai même dit que, si sa chute n'avait pas suffi, je l'aurais passé par-dessus la rampe ! Je lui ai expliqué aussi, comment, s'il était tombé dans l'étang, je l'aurais un peu noyé en lui tenant la tête sous l'eau. Ce n'était pas vrai, mais il fallait que ça sorte. Vous comprenez, il y avait si longtemps que je voulais lui donner une leçon, et il était là, à dormir !

— En fait de leçon, je crains que ce ne soit vous qui en receviez une sous peu...

— Eh bien, on verra ! Mais vous allez me défendre, n'est-ce pas ?

— Oui, enfin j'essaierai. Mais que s'est-il passé ensuite ?

— Oh, très simple. Comme il était toujours affalé dans son fauteuil, qu'il hoquetait et grognait, j'ai continué à lui sortir ses quatre vérités, j'aurais pu y passer la nuit ! Et soudain il a ouvert les yeux, s'est levé et, tout titubant et en se tenant le ventre, il a filé jusqu'aux toilettes. Là au moins, j'ai réussi mon coup car il ne les a quasiment pas quittées de la nuit, sauf pour venir plusieurs fois dans la cuisine pour avaler des litres d'eau. Bref, vous voyez bien qu'il n'était pas moribond, enfin pas tout à fait...

— Et après ?

— Je suis parti me coucher. Comme j'avais dans mes projets d'aller ramasser un panier de girolles et de trompettes de la mort – ben oui, c'est leur nom ! – je me suis levé bien avant lui. À ce moment il dormait dans le fauteuil. Quand je suis revenu, vers dix heures du matin, plus de voiture devant la maison et plus de Leloup nulle part, disparu ! J'ai cru qu'il avait peut-être été voir un toubib ou un pharmacien ; pensez donc, ce pourri avait filé jusqu'à la gendarmerie, oui ! Et c'est comme ça que vers midi, j'ai vu débarquer les pandores. Ce sont eux qui m'ont appris qu'il était venu porter plainte et que j'étais donc accusé de tentative d'homicide pouvant entraîner la mort !

Voyez-vous, maître, il faut toujours se méfier, toujours. Ainsi, pendant que je croyais qu'il dormait profondément, la veille au soir, et alors que je lui débitais ses quatre vérités, il était tout à fait conscient. Ah la vache ! Il se souvenait de tout, de tout ! Aussi, j'ai vu le moment où les gendarmes allaient me passer les menottes ! Heureusement, je suis connu là-bas et je n'ai pas la réputation d'un tueur ; les gendarmes ont bien voulu écouter mes explications, à savoir que Leloup était complètement ivre la veille au soir et qu'il leur avait raconté n'importe quoi. Comme il avait, paraît-il, une tête à faire peur, celle d'un petit matin de cuite, et qu'il était un peu incohérent dans ses propos au sujet des champignons, j'ai vu que les gendarmes avaient quelques doutes quant à ma culpabilité et j'ai donc pu rentrer à Paris. Mais, pour être sûr de son coup, ce salaud de Leloup a été jusqu'à porter plainte une deuxième fois ; il craignait sans doute que les gendarmes n'aient mal retranscrit sa déposition. Alors depuis, c'est la galère et les interrogatoires avec cette maudite jugesse. Voilà pourquoi j'ai besoin de votre aide car je sais qu'elle va me reconvoquer sous peu, elle veut ma peau !

— Oui, chose promise, je vous aiderai. Mais votre cas n'est pas des plus faciles. Enfin, j'essaierai de plaider l'erreur, je dirai que vous vous êtes trompé de champignons et...

— Ah non ! Surtout pas ça ! Je préfère aller en taule plutôt que de passer pour un amateur, un plouc, la honte pour moi ! Non, non, il faudra reprendre mon idée, dire qu'il avait bâfré comme un chancre et bu comme un évier, qu'il avait une gueule de bois terrible et qu'il avait dit n'importe quoi ! D'ailleurs, tout compte fait, ce n'est pas un mensonge, s'il n'avait pas autant mangé et bu je ne serais pas là aujourd'hui.

— Je vais y réfléchir. Prévenez-moi dès que vous recevrez une convocation, nous irons ensemble.

*
* *

— Ah ! Je constate avec plaisir que vous avez désormais une avocate, monsieur Kronk.

— Non, Klobe, madame la jugesse, Aristide Klobe...

— Taisez-vous ! Laissez parler Me Krazura-titika !

— Non, madame la juge, Krazarutika, tout simplement, Alice Krazarutika, coupa l'avocate d'une voix douce, mais ferme.

« Parole ! Cette vilaine andouille de juge le fait exprès d'estropier nos noms, c'est une manie ! » pensa Aristide en étouffant un bâillement.

Convoqué quinze jours après sa visite chez son avocate, il était rentré la nuit même de Sologne. Il avait prévu d'arriver la veille au soir pour être en forme à l'audience du matin. Mais son scooter l'avait trahi à Orléans. Le temps de le pousser jusqu'à un garage, par chance encore ouvert, d'apprendre qu'il était irréparable : – Un musée vous le prendra peut-être ! – avait plaisanté le mécano, de trouver un taxi pour le conduire jusqu'à la gare des Aubrais, d'y attendre un train et la nuit était fortement avancée. Il avait malgré tout évité le pire en sautant dans le dernier métro lequel, après deux changements effectués au pas de course, l'avait enfin conduit chez lui à deux heures du matin. Parce que le rendez-vous fixé par la juge était à neuf heures en ce lundi 4 novembre, il n'avait pas eu son compte de sommeil. Et maintenant, bercé par la voix bien posée et calme de l'avocate, il rêvassait un peu.

Il avait revu Me Krazarutika le mardi précédent car, lui avait-elle dit, elle avait besoin d'en savoir un peu plus sur lui et surtout sur son itinéraire et sa vie avant ses retrouvailles avec Leloup.

— Oh ! là ! là ! ça risque d'être trop long, avait-il dit, mais tenez, maître, plutôt que de parler, j'ai mieux. Comme je vous l'ai proposé l'autre jour, prenez ce manuscrit, c'est celui qui raconte toute mon histoire, toute ma malchance. J'ai mis trois ans pour le pondre mais ce n'est pas pour ça qu'il vaut quelque chose, sauf pour me connaître. Je l'ai relu et trouve qu'il ne vaut pas un clou, mais il vous apprendra tout sur moi, c'est ce que vous voulez, non ? Quand vous l'aurez lu, vous pourrez le mettre dans la corbeille à papier ou en faire des papillotes ; bref, faites-en ce qui vous plaira. Pour moi, c'est terminé, je resterai toujours le nègre fabriqué par Leloup !

— *La Guigne épaisse* est son titre ? avait demandé l'avocate après avoir pris le classeur et lu la première page.

— Oui, *La Guigne épaisse*, peut pas y en avoir d'autre. Lisez, vous comprendrez.

— Donc, monsieur Croze...

— Je vous ai dit Klobe ! sursauta Aristide en sortant de sa torpeur, et si vous insistez je finirai par vous dire autre chose !

— Tss tss..., fit Me Krazarutika en lui faisant les gros yeux, mais il apprécia qu'elle lui sourît.

— Je disais donc monsieur... peu importe ! que, comme annoncé lors de notre dernière entrevue, je vous signifie, aujourd'hui même, votre mise en examen pour tentative d'homicide volontaire avec préméditation sur la personne de votre ex-employeur M. Jean Leloup, éditeur. Et estimez-vous heureux, grâce à Me Krazo... Kruzu... à votre avocate, je ne demande pas la détention préventive. Mais il vous est désormais interdit de quitter le territoire français. De plus, vous devrez impérativement et périodiquement pointer à la gendarmerie la plus proche de votre domicile.

— Si ça peut vous faire plaisir, dit Aristide en bâillant cette fois sans vergogne.

— Pour l'heure, j'en ai terminé avec vous, vous pouvez partir.

* *

— Ben, voilà voilà, dit Aristide en touillant distraitement son café.

Sortis du tribunal et histoire de faire le point, Me Krazarutika et lui s'étaient installés au plus proche bistrot.

— Vous savez, rien n'est joué, je connais la lenteur de la justice, le procès risque de se faire attendre ; j'ai donc tout mon temps pour préparer ma plaidoirie, qui n'aura d'ailleurs peut-être pas sa raison d'être...

— Allons donc ! Avec cette mégère de juge qui me déteste ! Et puis, comment arrêter la machine une fois lancée, comme c'est le cas ?

— Il suffirait que Leloup retire sa plainte.

— Ne rêvez pas ! Ce salaud fera tout pour me faire expédier en taule. Je suis sûr qu'il rêve déjà du jour où il viendra me rendre visite à la prison !

— Allons, pas de catastrophisme. Bon, pour nos contacts à venir, j'ai bien noté que vous étiez désormais domicilié en Sologne, n'est-ce pas ?

— Oui. J'ai tout réglé la semaine dernière. Je n'ai plus aucune attache à Paris et le boulot de nègre, que me confie parfois l'éditeur qui m'a embauché depuis que Leloup a mangé son omelette, peut très bien se faire là-bas, au calme. De plus, même si je n'avais plus de travail, j'ai de quoi m'offrir une bonne année sabbatique. Là-bas, chez moi, la vie n'est pas chère pour un célibataire qui, comme moi, se contente de peu. Aussi, à partir de ce soir, j'entre en hibernation. Pas de journaux, pas de radio, pas de télé, juste un télé-phone qui vous permettra de m'appeler, si besoin. Voilà, à moi la solitude, la lecture, la musique, les bois, les landes, les étangs solognots et la cueillette des champignons, en attendant la vie de cellule...

— Vous n'y êtes pas encore et je ferai tout pour vous l'éviter !

— Vous êtes gentille, maître, mais je n'y crois pas. Pour cela, il faudrait que la chance se décide enfin à penser à moi...

*
* *

Tapi dans son coin de Sologne, totalement coupé de la marche du monde, Aristide meubla ses mois de solitude par de longues et vivifiantes marches en forêt. Mis à part quelques commerçants indispensables et les gendarmes, pour leur prouver sa présence, il ne vit personne. Parfois, un coup de téléphone de Mᵉ Krazarutika l'assurait qu'elle suivait toujours son affaire, que, comme prévu, le procès était repoussé de mois en mois et qu'elle était toujours en contact avec Leloup car elle avait plus que jamais en tête l'idée de lui faire retirer sa plainte. Aristide n'y croyait pas.

Outre ses promenades journalières, il profita aussi de son temps libre pour débroussailler son jardin, remettre en état son potager négligé depuis des lustres, tailler ses fruitiers et lire ou relire ses classiques. Souvent aussi, par beau temps, il allait à la pêche mais, étant seul, il remettait la majorité de ses prises à l'eau, se réservant uniquement de quoi agrémenter son ordinaire.

Dès le printemps venu, il se livra à sa passion favorite, le ramassage et l'étude des champignons ; et il ne put s'empêcher de sourire en pensant à Leloup lorsque, sûr de lui, il testa la valeur gustative de quelques cryptogames réputés comestibles mais qu'il n'avait encore jamais goûtés.

*
* *

En cette fin d'après-midi de juin, alors que la fraîcheur commençait à tomber et qu'il s'offrait en apéritif un léger whisky à l'eau, il aperçut une voiture qui débouchait au bout du chemin conduisant chez lui.

Avec humeur car personne, depuis des mois, n'était venu rompre sa solitude, il abandonna le texte qu'il relisait, celui de Platon, dans *Phédon*, relatant la mort de Socrate. Il médita la célèbre phrase : *Criton dit-il, à Asclépios, nous sommes redevables d'un coq*, et ferma le livre.

« Et moi, je suis redevable de ma juge ! pensa-t-il. Vrai ! on ne peut jamais être tranquille ! Quel est le casse-pieds qui ose ? grommela-t-il, les gendarmes peut-être ? Non, ce n'est pas leur poubelle bleue à roulettes ! Qui alors ? Mince, c'est la petite Krazarutika, sûr qu'elle vient m'annoncer la date du procès. Eh bien soit, fallait bien que ça arrive un jour », se dit-il en allant vers la jeune femme qui venait de descendre de voiture. Il nota qu'elle était pimpante et souriante et que sa tenue, un short ultra-court et un chemisier, n'avait rien de professionnelle.

— Comment êtes-vous arrivée jusqu'ici ? Il faut connaître ! dit-il en essayant de faire bonne figure.

— J'arrive à parler, vous savez, et vous avez un boulanger très aimable, il m'a expliqué comment venir. Dites, c'est sympa chez vous, et quel paysage ! Quelle tranquillité ! C'est quoi ce que vous buvez là ? demanda-t-elle en désignant le verre posé sur la table du jardin.

— Whisky, à l'eau plate et glaçons.

— Si vous m'en offrez ça m'ira, je meurs de soif, sourit-elle.

— Tenez, dit-il après l'avoir servie. (Il attendit qu'elle ait bu puis :) Alors maintenant, allez au fait, vous n'êtes pas venue que pour goûter mon scotch et prendre l'air !

— Non. Telle que vous me voyez, j'arrive tout droit de Paris, du tribunal pour être plus précise, enfin j'ai quand même changé de tenue...

— Je m'en doute, et puis ?

— Oui, du tribunal. Mais avant, c'est-à-dire ce matin, j'avais rendez-vous avec Leloup, rue Mayet. À son propos, vous savez qu'il a divorcé ?

— Non, mais ça ne m'étonne pas.

— Et ça lui a coûté très cher car, son ex étant majoritaire dans la maison, il a fallu qu'il rachète beaucoup de parts...

— Bien fait pour sa gueule, j'espère qu'il fera faillite ! Mais ce n'est pas pour ça que vous êtes là.

— Non, mais je pensais que ça vous intéresserait de savoir qu'il avait maintenant des boulets aux pieds, et des très lourds. Oui, Bérénice Bérénices lui a mis, ou remis, la main dessus. Elle compte l'épouser et elle y arrivera sans peine car elle le tient, elle est devenue une des grosses actionnaires des Éditions de la Carène, du coup, Leloup est complètement coincé.

— Qu'il crève ! décida Aristide qui commençait à maudire la faconde de sa visiteuse.

— Donc, j'étais ce matin dans son bureau.

— Vous me l'avez dit, mais que diable alliez-vous faire chez cet escroc ?

— Obtenir qu'il retire enfin sa plainte. Vous savez, je l'ai travaillé pendant des mois et, pour finir, apprenant qu'il rame comme un galérien pour garder sa place aux Éditions, j'ai été contrainte de le menacer de révéler toutes ses magouilles à la presse. Dans sa situation, il a besoin de l'appui des banques et il ne peut s'offrir le luxe d'un scandale. Et il n'y coupait pas car son ex-femme était prête, à ma demande, à témoigner qu'il vous avait volé vos romans. Alors je lui ai dit que j'avais d'excellentes relations avec quelques journalistes très bien placés dans tous les médias...

— Et alors ?

— Il a tordu le nez, mais il a fini par signer la déclaration que j'avais préparée et dans laquelle il stipule que, réflexion faite et parce qu'il avait un peu abusé de la boisson, il s'était trompé sur vos intentions et avait mal compris ce que vous lui aviez dit ce fameux soir. De plus, il a même rajouté qu'il digérait toujours très mal les omelettes aux cèpes !

— Quel crétin ! murmura Aristide qui n'en croyait pas ses oreilles, quelle andouille, ce n'étaient pas des cèpes mais des coprins ! Et il a signé ? Vraiment ?

— Oui. Et dès cet après-midi, avant de descendre ici, j'ai porté sa déclaration au tribunal, plus de plainte, plus de procès !

— Ça alors..., souffla Aristide. (Il n'en revenait

pas et se versa une rasade de whisky qu'il avala d'un trait :) Dites, c'est pas des blagues tout ça au moins ? C'est pas du pipeau ?

— Pas du tout ! Et ce n'est pas tout. Reprenez un peu de scotch et remettez-m'en une goutte aussi, il fait tellement chaud... Voilà, poursuivit-elle, j'étais en train de ranger dans ma serviette ses rétractations datées et signées lorsqu'il m'a demandé s'il pouvait allumer la télé, histoire d'attraper les informations de midi. J'allais sortir du bureau lorsque la nouvelle est tombée et j'ai donc appris, en même temps que lui, que le Prix des treize Provinces venait d'être décerné à l'unanimité et au premier tour par les cent soixante-neuf membres qui composent le jury.

— Bof ! De toute façon, les prix, c'est magouille et compagnie, ponctua Aristide en haussant les épaules.

— Attendez, si je vous parle de ça c'est parce que j'aurais vraiment aimé que vous voyiez la tête de Leloup lorsqu'il a entendu le nom du lauréat et le titre. Il était fou de dépit car, m'a-t-il dit, il espérait ce prix pour un de ses auteurs, il avait même obtenu des garanties de pas mal de jurés...

— Qu'est-ce que je vous disais ! Tous ces trucs puent l'arnaque, c'est aussi vieux que l'imprimerie !

— Je n'ai pas fini, parce qu'il m'a pris à témoin, comme si j'y connaissais quelque chose !

« Et en plus, a-t-il râlé, ce salaud, non content de rafler les treize mille euros du prix, d'être en tête des ventes depuis quatre mois, avec un tirage qui frise les quatre cent cinquante mille exemplaires, ce salaud est inconnu du Tout-Paris ! Personne n'a jamais entendu parler de ce clown avant ce coup fourré ! Car il y a un coup fourré quelque part, j'en jurerais ! »

« Alors je suis intervenue et j'ai dit : Si, si, on connaît l'auteur, et moi aussi je le connais. "Vous ? Et comment ça ?" m'a-t-il lancé. "C'est mon client ! Il s'appelle Aristide Klobe et c'est un très grand romancier !" "Quoi ? Quoi ? a dit Leloup en pâlissant. Quoi ? Klobe ? cet abruti qui me doit tout ! Qu'est-ce qu'il vient faire dans cette histoire ? Il n'est pas capable de gagner quoi que ce soit, à part des baffes et sûrement pas le prix des Treize Provinces, qui est presque aussi important que le Goncourt ! Et puis ne me faites pas rigoler ! D'abord Klobe ne sera jamais un romancier, de plus l'auteur ne s'appelle pas Klobe !" "C'est vrai, ai-je dit, il a pris un autre nom, mais c'est bien lui l'auteur, et le lauréat, parole d'avocate !"

« Il m'a alors regardée comme si j'étais folle ; il était là, bouche ouverte, incapable de dire un mot. Puis, il a porté la main à sa poitrine et s'est écroulé en gargouillant : "Le salaud, le salaud, il m'a eu !" Il m'a fait une de ces peurs ! J'ai bien cru qu'il était mort !

— Il l'était j'espère ? souffla Aristide qui, jambes coupées et blanc comme un fromage, s'était laissé choir dans son fauteuil de jardin.

— Mort ? non, non. Mais je vous passe la suite, la pagaille, le SAMU, bref, un cirque formidable ! Mais j'ai appris, avant de prendre la route, qu'il allait beaucoup mieux, du cœur s'entend, car la tête...

— Quoi la tête ?

— Il paraît que depuis qu'il a repris connaissance il n'arrête pas de répéter : « Pas Klobe ! pas Klobe ! pas Klobe ! » Ça agace beaucoup les infirmières qui sont persuadées qu'il se croit sur un cheval au galop ! Alors les médecins l'ont mis sous calmants. Mais vous n'allez pas virer de l'œil, vous aussi !

— Non, non, murmura Aristide, expliquez d'abord.

— Vous vous souvenez, il y a bientôt huit mois, pour que je connaisse votre vie, vous m'avez remis votre manuscrit.

— Il était nul.

— Pas du tout ! Je l'ai dévoré, il est passionnant, plein d'émotions et de vie. Oui, passionnant, tellement passionnant que, puisque vous m'aviez donné carte blanche et que je suis votre avocate, donc apte à traiter en votre nom, je l'ai confié à une de mes très bonnes amies, une excellente éditrice, une des meilleures. Nous avons établi un solide contrat, à votre nom bien sûr, et vogue la galère !

— Mais... mais ? Ça a marché ?

— Bien entendu ! Et si au lieu de vivre ici comme un ours depuis des mois, sans prendre aucune nouvelle du monde extérieur, vous aviez lu quelques journaux, vous auriez vu les articles qui vous concernent ; et appris aussi que vous êtes premier sur toutes les listes depuis treize semaines !

— Mais alors, le titre ?

— Le vôtre, il est parfait : *La Guigne épaisse !*

— Et... et le nom de l'auteur ?

— Le vôtre aussi, le vrai, Aristide Claude ! Vous voilà revenu à vos origines ! Eh ! Restez avec moi ! lança Me Krazarutika en se précipitant pour lui venir en aide car il venait de tourner de l'œil.

Alors, estimant qu'il ne l'avait pas du tout volé, elle le gifla avec beaucoup de plaisir et de vigueur jusqu'à ce qu'il reprenne connaissance.

* * *

Ce fut plus tard, quand il eut retrouvé ses esprits et enfin réalisé ce qui lui arrivait en ce vendredi 13 juin 2003, année de treize lunes, qu'Aristide, toujours un peu flageolant, alla passer un coup de téléphone.

— Je n'ai pas mégoté, expliqua-t-il en revenant peu après.

— C'est-à-dire ?

— Je viens de faire expédier treize douzaines de roses à Bérénice parce que, pour une fois, même si je suis persuadé que c'est une sacrée coïncidence, elle ne s'est pas trompée dans ses calculs grotesques ; il faut qu'elle s'en souvienne et j'espère que Leloup l'apprendra, ça le rendra furieux !

— Bonne idée, je veux dire pour les roses.

— Et puis...

— Oui ?

— Et puis... ben... Je tiens à vous remercier. Vous avez été formidable ! Mais j'aimerais savoir pourquoi vous vous êtes à ce point investie dans mon histoire ?

— C'est mon métier.

— Certes, mais vous avez fait beaucoup plus, tant pour faire sauter mon accusation, que pour me faire éditer. Pourquoi tout ça ?

— J'avais le temps. Autant que vous le sachiez, la majorité de mon travail, du moins quand j'en ai, est constituée d'affaires pour lesquelles on me désigne d'office, il faut bien vivre... Parce que vous comprenez, quand les clients potentiels, comme vous le fûtes, voient mon nom, ils ont tout de suite tendance à chercher un autre avocat. Et les rares qui viennent quand même me voir détalent comme des lapins dès que j'ouvre la bouche. Avouez que c'est ce que vous avez failli faire !

— Exact.

— Oui, vous avez hésité, je l'ai vu, mais vous êtes resté et vous m'avez confié votre défense. Il était donc normal que je fasse le maximum.

— Merci, je ne l'oublierai pas. Et je voulais vous dire aussi...

— Oui ?

— Il se fait tard, vous n'allez pas repartir pour Paris ce soir ?

— Non, j'ai prévu de filer vers Chambord. Je veux passer mon week-end à sa visite, d'où ma tenue de vacances, expliqua-t-elle en tapotant son short.

— Chambord ? Ah oui, superbe ! Mais... Écoutez, voilà ce que je vous propose, restez dormir ici, en tout bien tout honneur, j'ai une chambre d'amis très confortable. Et puis, au cours du repas et de la veillée, on pourra discuter et faire mieux connaissance. Vous, vous savez tout de moi, grâce à mon bouquin, mais moi, je ne sais rien de vous. D'accord, on fait comme ça ?

— Vo... vo... lonlon... Vvvvolontietiers !

— Ah non ! Vous n'allez pas vous mettre à bégayer ! N'oubliez pas, jamais dans le travail ! Et je suis toujours votre client, je ne vous ai pas encore réglé vos honoraires ! De plus, j'envisage très sérieusement de vous prendre comme conseillère juridique pour mieux défendre mes intérêts auprès des éditeurs. Alors, qu'en dites-vous, ma proposition vous va ?

— Elle me va, sourit Alice, mais je vous préviens, Aristide, je prends toujours l'ascenseur, je déteste la pêche et je ne mange jamais de champignons, jamais !

Marcillac, 4 novembre 2004

Portrait d'un homme exceptionnel

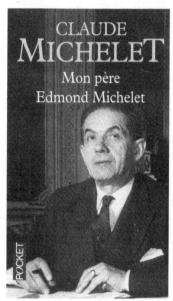

(Pocket n° 3574)

Le 17 juin 1940, Edmond Michelet et ses amis accomplissaient le premier acte de résistance clandestine en glissant dans les boîtes aux lettres de Brive un tract qui dénonçait la capitulation face à l'occupant...
Dès lors, l'agent commercial, fils d'épicier, entre dans l'histoire... Il sera tour à tour chef d'un important réseau de résistance, président des Anciens de Dachau, fidèle compagnon du général de Gaulle, garde des Sceaux, ministre de la Justice. Son fils retrace son itinéraire...

Il y a toujours un Pocket à découvrir

Un destin
hors du commun

CLAUDE
MICHELET

Quelque part
dans le monde

POCKET

(Pocket n° 13467)

Le destin de Sylvestre
semblait tout tracé.
Depuis son plus jeune
âge, sa famille le destine à
prendre la tête de
l'entreprise familiale.
Mais, le jour de ses
dix-sept ans, le jeune
homme se rebelle et
part pour la capitale.
Là, il découvre le
cinématographe et décide
de devenir reporter. Dès
lors, Sylvestre fait figure
de pionnier. Il offre au
public les images les plus
excitantes de ce début du
XXe siècle : l'ouverture du
canal de Panamá et
l'Amérique, pays de tous
les possibles, si loin de sa
Corrèze natale...

Il y a toujours un Pocket à découvrir

Une promesse de retrouvailles

CLAUDE MICHELET

Quand ce jour viendra

POCKET

(Pocket n° 14119)

L'avion du sous-lieutenant Sylvestre Neyrat est abattu en plein vol, en 1916. Un de ses camarades l'a pourtant aperçu s'extirper des flammes, mais en territoire allemand. Il est donc fait prisonnier et essaie de s'échapper. Sa maîtresse, Tenny Finnegan, a l'espoir de le revoir vivant. Elle n'hésite pas à traverser l'Atlantique pour tenter de retrouver celui qu'elle aime et honorer leur promesse.

*Cet ouvrage a été composé et mis en pages
par ÉTIANNE COMPOSITION
à Montrouge.*

Achevé d'imprimer en Espagne
sur les presses de Black Print CPI Iberica
en juin 2011

POCKET – 12, avenue d'Italie – 75627 Paris Cedex 13

Dépôt légal : juillet 2011

S17669/01